शेक्सपियर
की
लोकप्रिय कहानियाँ

शेक्सपियर
की
लोकप्रिय कहानियाँ

संपादन

महेश शर्मा

ग्रंथ अकादमी, नई दिल्ली

प्रकाशक : **ग्रंथ अकादमी**
भवन संख्या-19, पहली मंजिल, 2, अंसारी रोड, दरियागंज, नई दिल्ली-110002
सर्वाधिकार : सुरक्षित / संस्करण : 2025 / मूल्य : तीन सौ रुपए
मुद्रक : नरुला प्रिंटर्स, दिल्ली ISBN 978-93-83110-62-9

SHAKESPEARE KI LOKPRIYA KAHANIYAN
Ed. Shri Mahesh Sharma ₹ 300.00
Published by **GRANTH AKADEMI**
Building No. 19, First Floor, 2, Ansari Road, Daryaganj, New Delhi-110002

अपनी बात

महान् नाटककार और कवि विलियम शेक्सपियर का जन्म 26 अप्रैल, 1564 को इंग्लैंड के वार्कविकशायर नगर के एक छोटे से गाँव स्ट्रेटफोर्ड-अपॉन-एवॉन में हुआ था। उनके पिता जॉन शेक्सपियर पेशे से किसान थे और इलाके में उनका बड़ा दबदबा था। माँ आर्डेन भी एक जमींदार खानदान से संबद्ध थीं।

27 नवंबर, 1582 को 18 वर्ष की आयु में शेक्सपियर ने 26 वर्ष की एनी हैथवे से विवाह किया।

बचपन में एक नाटक देखकर शेक्सपियर इतने प्रभावित हुए कि स्वयं कालजयी नाटककार बन गए। वर्ष 1592 में वे लंदन में थिएटर से जुड़े और जल्दी ही एक अभिनेता व नाटककार के रूप में प्रतिष्ठित हो गए।

शेक्सपियर ने 37 नाटक और बहुत सी कविताएँ लिखीं। उनके प्रसिद्ध नाटक हैं–

1588–1595

'द टेमिंग ऑफ द श्रू', 'द कॉमेडी ऑफ एरर', 'ए मिड समर नाइट ड्रीम', 'रोमियो एंड जूलियट', 'किंग रिचर्ड द्वितीय'

1596–1599

'द मर्चेंट ऑफ वेनिस', 'द मेरी वाइव्स ऑफ विंडसर', 'मच अडू अबाउट नथिंग', 'जूलियस सीजर'

1600–1605

'एज यू लाइक इट', 'हैमलेट', 'ट्वेल्थ नाइट', 'मेजर फॉर मेजर', 'ऑथेलो', 'ऑल्स वैल दैट एंड्स वैल', 'टिमॉन ऑफ एथेंस', 'किंग लियर'

1606–1611

'मैकबेथ', 'एंटॉनी एंड क्ल्योपेट्रा', 'द विंटर्स टेल', 'किंबरलेन', 'द टेंपेस्ट',

1613
'किंग हेनरी सप्तम', 'द टू नोबेल किंसमेन'

23 अप्रैल, 1616 को इस महान् आत्मा ने चिरनिद्रा ग्रहण की। 52 वर्ष की अल्पायु में शेक्सपियर ने इतनी शोहरत कमाई, जो 400 वर्ष बाद आज भी अक्षुण्ण है।

इस पुस्तक में शेक्सपियर की चुनिंदा रचनाओं को हिंदी कहानियों के रूप में प्रस्तुत किया गया है, ताकि हिंदी भाषी पाठक उनकी चर्चित रचनाओं का आनंद ले सकें।

—महेश शर्मा

कथा-क्रम

द कॉमेडी ऑफ एरर्स

साइरेकस और एफेसस—दो परस्पर पड़ोसी देश थे। लेकिन अनेक मतभेदों के कारण दोनों देशों के राजा कट्टर शत्रु थे। किसी एक देश का नागरिक दूसरे देश में प्रविष्ट न हो, इसके लिए उन्होंने बड़ा सख्त कानून लागू कर रखा था। इसके अंतर्गत यदि साइरेकस का कोई नागरिक एफ़ेसस की सीमा में मिल जाता था तो उसे एक हजार रुपए का जुर्माना भरना पड़ता था। जुर्माना न भरने की स्थिति में उस नागरिक का सिर काट दिया जाता था। इसलिए लोग सीमा पार करते हुए डरते थे। लेकिन जो इस कानून को नहीं जानते थे, उन्हें इसका दंड भुगतना पड़ता था।

साइरेकस में एजियन नामक एक व्यापारी रहता था। एक बार वह एफेसस में घूमते हुए पकड़ा गया। एफेसस के कानून के अनुसार उसे जुर्माना भरना था; लेकिन उसके पास देने के लिए कुछ भी नहीं था। अतः अंतिम निर्णय के लिए उसे राजा के सामने पेश किया गया।

''महाराज, यह व्यक्ति साइरेकस का रहनेवाला है। इसे हमने महल के पास पकड़ा है। परंतु जुर्माना भरने के लिए इसके पास कुछ नहीं है। अब आप ही बताएँ, इसे क्या दंड देना है?'' नगर कोतवाल ने सिर झुकाकर प्रश्न किया।

राजा ने एजियन को संबोधित करते हुए पूछा, ''तुम्हारा नाम क्या है?''

''एजियन।'' उसने सपाट स्वर में कहा।

''तुम पर लगाए गए आरोप सही हैं? क्या तुम नहीं जानते थे कि साइरेकस के लोगों पर एफेसस में आने की सख्त पाबंदी है?'' राजा ने पुनः प्रश्न किया।

''जी हाँ। मुझे यहाँ के कानून के बारे में पता था।'' वह निडर होकर बोला।

''फिर भी तुमने ऐसा अपराध किया? एजियन, कानून के अनुसार इस अपराध के लिए तुम या तो जुर्माना भरो या फिर मरने के लिए तैयार हो जाओ।''

राजा ने अपना निर्णय सुना दिया।

व्यापारी करुण स्वर में बोला, "महाराज, जितनी जल्दी हो सके, आप मुझे मृत्युदंड दे दें, जिससे मैं सदा के लिए इस दुःखी जीवन को त्याग सकूँ। मैं अब और जीना नहीं चाहता।"

एजियन की बात सुनकर राजा आश्चर्य से भर उठा। आज तक उसके सामने जितने भी अपराधी आए थे, सभी ने कोई-न-कोई बहाना बनाकर दंड न देने की प्रार्थना की थी। लेकिन यह पहला व्यक्ति था, जो अपने मुँह से दंड देने की बात कर रहा था। उसकी आँखों में दूर-दूर तक भय का नामोनिशान नहीं था। राजा आश्चर्य प्रकट करते हुए बोला, "एजियन, ऐसी कौन सी बात है जिसके कारण तुम मौत को भी स्वीकार करने से पीछे नहीं हट रहे? मुझे बताओ, मैं तुम्हारे बारे में सबकुछ जानना चाहता हूँ।"

"महाराज, आप मेरे बारे में जानकर क्या करेंगे? मेरी कहानी इतनी दुःख भरी है कि उसे सुनकर आपका मन भी काँप उठेगा। इसलिए बिना विलंब किए मुझे दंडित करें।" एजियन दुःखी स्वर में बोला।

अब तो राजा के मन में उसके बारे में जानने की इच्छा और भी बलवती हो उठी। उसने दरबारियों की ओर देखा। वे भी उसके बारे में जानने के लिए उत्सुक हो रहे थे। उन्होंने पहली बार ऐसा निडर व्यक्ति देखा था, जो स्वयं मृत्यु माँग रहा था। अतः राजा पुनः बोला, "एजियन, तुम निस्संकोच अपनी बात कहो। तुम्हारी कहानी सुने बिना हम तुम्हें कदापि दंडित नहीं कर सकते।"

तब एजियन अपनी कहानी सुनाने लगा—

एजियन के पिता साइरेकस के एक धनी व्यापारी थे। उनका व्यापार कई देशों में फैला था। उनकी मृत्यु के बाद एजियन ने उनका सारा व्यापार सँभाल लिया। एक बार व्यापार के सिलसिले में उसे विदेश जाने का अवसर प्राप्त हुआ। उसने अपनी पत्नी को साथ लिया और माल से भरे जहाज के साथ अपिडैमनम नामक नगर में पहुँच गया। वह नगर उसे खूब रास आया। कुछ ही दिनों में उसका सारा माल बिक गया और उसके पास खूब धन जमा हो गया। उसने वापस लौटने का विचार त्याग दिया और पत्नी के साथ वहीं रहने लगा।

उसकी पत्नी गर्भवती थी। कुछ दिनों बाद उसने दो जुड़वाँ बेटों को जन्म दिया। दोनों बच्चे रंग-रूप और आकार में बिलकुल एक जैसे थे। उनमें अंतर करना एजियन और उसकी पत्नी के लिए भी बहुत कठिन था। उनके पड़ोस में एक गरीब स्त्री रहती थी। जिस दिन एजियन के घर पुत्रों का जन्म हुआ, उसी दिन उसने भी एक साथ दो पुत्रों को जन्म दिया। उसके पुत्र भी आकार

और रंग-रूप में एक समान थे।

वह स्त्री इतनी निर्धन थी कि पुत्रों को खिलाने और पालने के लिए उसके पास कुछ नहीं था। उसका स्वयं का गुजारा बहुत मुश्किल से हो रहा था। ऐसे में उनका पालन-पोषण उसके लिए असंभव था। इसलिए उसने एजियन से प्रार्थना की कि वह उसके पुत्रों को गोद ले ले। एजियन की पत्नी का मन पिघल गया; उसके आग्रह पर उसने गरीब स्त्री के पुत्र गोद ले लिये। एजियन ने अपने दोनों बेटों का एक ही नाम रखा था—'एंटिफोलस'। गोद लिये पुत्रों का भी उसने एक ही नाम रखा। वह उन्हें 'ड्रोमियो' कहकर पुकारता था। इस प्रकार उसके पास चार शिशु हो गए थे।

एक बार व्यापार के सिलसिले में एजियन को दूसरे देश जाने का अवसर मिला। वह पत्नी और चारों बच्चों से बहुत प्रेम करता था। लंबे समय उनके बिना रहना उसके लिए असंभव था, इसलिए उसने उन्हें भी साथ ले लिया और जहाज पर सवार होकर दूसरे देश को चल पड़ा। कुछ महीनों की यात्रा के बाद उसे किनारा दिखाई देने लगा। 'एक-दो दिन के बाद हम किनारे पर होंगे। उसके बाद जहाज का सारा माल बेचकर हम घर लौट जाएँगे।' यह सोचकर एजियन मन-ही-मन प्रसन्न हो रहा था।

लेकिन ईश्वर को कुछ और ही मंजूर था। उसी रात समुद्र में भयंकर तूफान आ गया। ऊँची उठती लहरें जहाज को निगल जाने के लिए बेचैन हो उठीं। एक छोटा सा जहाज कब तक उनका सामना कर सकता था। देखते-ही-देखते उसका एक हिस्सा टूट गया। उसमें तेजी से पानी भरने लगा। यात्री समझ चुके थे कि जहाज कभी भी डूब सकता है, इसलिए जान बचाने के लिए वे छोटी-छोटी नावें लेकर पानी में उतर गए।

जहाज में सभी अकेले सफर कर रहे थे, इसलिए उन्होंने पीछे मुड़कर देखना जरूरी नहीं समझा। केवल एजियन अपने परिवार के साथ पीछे रह गया। उसने जल्दी से लकड़ी के दो-तीन फट्टों को जोड़कर दो नावें तैयार कीं। तत्पश्चात् उसने एक नाव में अपनी पत्नी, एक एंटिफोलस और एक ड्रोमियो को बिठा दिया। दूसरी नाव में वह शेष दोनों बच्चों को लेकर सवार हो गया।

कुछ दूरी तक दोनों नावें साथ-साथ तैरती रहीं। परंतु धीरे-धीरे जल की तेज धाराओं के कारण वे विपरीत दिशाओं की ओर बहते हुए दूर निकल गईं। तभी एजियन को एक नाव दिखाई दी। उसमें सवार मल्लाहों ने उसकी पत्नी और बच्चों को अपनी नाव में चढ़ा लिया। उन्हें सुरक्षित देखकर एजियन के चेहरे पर असीम शांति दिखाई देने लगी। कुछ देर बाद एक दूसरी नाव ने उसे और उसके

बच्चों को भी बचा लिया था। परंतु उस दिन के बाद से वे एक-दूसरे से बिछुड़ गए। उसने अपनी पत्नी और बच्चों को ढूँढ़ने का बहुत प्रयास किया, लेकिन उनका कुछ पता नहीं चला।

थक-हारकर एजियन ने उनके मिलने की आशा छोड़ दी और अपना सारा ध्यान दोनों बेटों पर केंद्रित कर लिया। अब केवल वे ही उसके परिवार थे।

समय बीतता गया; एंटिफोलस और ड्रोमियो बड़े हो गए। एक बार एंटिफोलस ने पिता से अपनी माता के बारे में पूछा। एजियन उन्हें अतीत में घटी घटना की जानकारी नहीं देना चाहता था। लेकिन बार-बार पूछे जाने पर अंततः उसे सारी बात बताई। उसी दिन से एंटिफोलस ने अपनी माता और भाइयों को ढूँढ़ने का निश्चय कर लिया। वह जोश में भरकर बोला, "पिताजी, जब तक मैं अपनी माँ और भाइयों को ढूँढ़ नहीं लेता, मेरे मन को शांति नहीं मिलेगी। वे जहाँ भी होंगे, मैं उन्हें ढूँढ़कर रहूँगा। आप मुझे आशीर्वाद दें कि मैं इस कार्य में सफल हो सकूँ।"

एजियन अपनी पत्नी और दो बच्चों को पहले खो चुका था। उसमें इतनी हिम्मत नहीं थी कि वह बेटों को अपने से दूर कर सके। परंतु एंटिफोलस जिद पर अड़ गया। अंततः विवश होकर एजियन को अनुमति देनी पड़ी। दूसरे ही दिन वह ड्रोमियो को साथ लेकर उन्हें ढूँढ़ने निकल पड़ा। दिन गुजरते रहे। एजियन उनके लौटने की प्रतीक्षा कर रहा था।

लेकिन अनेक वर्ष बीत जाने के बाद भी वे नहीं लौटे। एजियन का मन किसी अनहोनी की आशंका से काँप उठता था। उससे नहीं रहा गया तो वह भी बेटों को ढूँढ़ने निकल पड़ा। उन्हें खोजते-खोजते वह एफेसस नगर में पहुँचा, जहाँ सिपाहियों ने उसे पकड़कर राजा के समक्ष पहुँचा दिया था।

एजियन की कहानी सुनकर राजा की आँखों से आँसू छलक आए। दरबार में उपस्थित प्रत्येक व्यक्ति भाव-विह्वल होकर उसे ही देख रहा था। राजा स्वयं को नियंत्रित करते हुए बोला, "एजियन, मुझे दुःख है कि भाग्य ने तुम्हारा सबकुछ छीन लिया। लेकिन ईश्वर क्या करना चाहता है, इसे हम कभी नहीं समझ सकते। मैं उससे प्रार्थना करता हूँ कि तुम्हें तुम्हारा परिवार शीघ्र ही मिल जाए। एजियन, यद्यपि मैं कानून को नहीं बदल सकता, परंतु तुम्हें एक दिन की मोहलत अवश्य दे सकता हूँ। इस एक दिन में तुम जुर्माने का धन जुटाकर जमा करा दो। उसके बाद मैं तुम्हें स्वतंत्र कर दूँगा।"

राजा के इस निर्णय से एजियन पर कोई असर नहीं हुआ था। यह शहर उसके लिए बिलकुल अनजाना था। एक दिन तो क्या, वह एक महीने में भी

एक हजार रुपए एकत्रित नहीं कर सकता था। यदि कोई उसे आवश्यक धनराशि दे देता तो भी उसे अपना जीवन व्यर्थ प्रतीत हो रहा था। इसलिए इस दिन में उसने धन एकत्रित करने की अपेक्षा अपने पुत्रों को ढूँढ़ना अधिक उचित समझा। वह महल से बाजार की ओर आ निकला। पुत्रों को ढूँढ़ने की यह उसकी अंतिम कोशिश थी। इसलिए वह अपना पूरा जोर लगा देना चाहता था।

उधर, वर्षों पूर्व एजियन की पत्नी और पुत्रों को बचाकर मल्लाह एफेसस शहर में ले आए थे। वहाँ एक दयालु और परोपकारी धनवान ने बालकों को गोद ले लिया। उसने पुत्रों की तरह उनका पालन-पोषण किया, खूब पढ़ाया-लिखाया और उनकी सुख-सुविधा का पूरा ध्यान रखा। युवा होने पर अपनी योग्यता के कारण शीघ्र ही वे सेना में ऊँचे-ऊँचे पदों पर नियुक्त हो गए। फिर एंटिफोलस ने वहीं की एक सुंदर और कुलीन लड़की के साथ विवाह कर लिया। इस प्रकार दोनों भाई एफेसस में ही सुखपूर्वक जीवन व्यतीत कर रहे थे। उनके पिता और भाई जीवित हैं, इस बात से वे पूरी तरह अनजान थे।

संयोगवश जिस दिन एजियन को बंदी बनाया गया, उसी दिन छोटा एंटिफोलस और ड्रोमियो भी भटकते-भटकते एफेसस पहुँच गए। शहर में प्रवेश करते ही उन्होंने सुना कि एक व्यक्ति को एफेसस में गैर-कानूनी ढंग से प्रवेश करने के कारण पकड़ा गया है। लेकिन उन्होंने इसकी कल्पना तक नहीं की थी कि वह व्यक्ति उनका पिता होगा।

कुछ दिन वहाँ ठहरने का निश्चय कर वे एक सराय में पहुँचे। सराय के मालिक ने उनका परिचय पूछा तो उन्होंने स्वयं को उसी शहर का नागरिक बताया। उसने रहने के लिए उन्हें एक कमरा दे दिया। कुछ देर विश्राम करने के बाद एंटिफोलस ने ड्रोमियो को आवश्यक वस्तुएँ खरीदने बाजार भेजा। उसके बाद शहर की जानकारी पाने के लिए वह भी सराय से निकल पड़ा।

तभी एंटिफोलस को ड्रोमियो दिखाई दिया। वह तेज-तेज चलता हुआ उसकी ओर आ रहा था। एंटिफोलस सोच में पड़ गया कि उसे बाजार गए अभी थोड़ी देर हुई है, यह इतनी जल्दी कैसे लौट आया? उसने ड्रोमियो के थैले की ओर देखा, परंतु वह खाली हाथ था। यह देखकर वह क्रुद्ध हो गया।

लेकिन इससे पहले कि वह उसे डाँटता, ड्रोमियो बड़े कोमल स्वर में बोला, "कप्तान साहब, आप यहाँ क्या कर रहे हैं? चलिए, घर चलिए। आपकी पत्नी भोजन के लिए आपकी प्रतीक्षा कर रही हैं।"

उसकी बात सुनकर एंटिफोलस चौंक पड़ा, फिर गुस्से से भरकर बोला, "ड्रोमियो, तुम्हारा दिमाग खराब हो गया है! ये कैसी बहकी-बहकी बातें कर

रहे हो? मेरा विवाह ही नहीं हुआ तो पत्नी कहाँ से आ गई? ड्रोमियो, यह हँसी-मजाक का समय नहीं है। मैंने तुम्हें सामान लाने भेजा था, खाली हाथ क्यों लौट आए?''

इस बार ड्रोमियो चौंकते हुए बोला, ''मैं भला आपसे मजाक क्यों करूँगा? आपकी पत्नी भोजन के लिए बुला रही हैं। इसमें मजाक कहाँ से आ गया। आप किस सामान की बात कर रहे हैं? आपने कौन सा सामान लाने के लिए कहा था?''

''अच्छा, अब तुम्हें यह भी याद नहीं कि मैंने तुम्हें क्या लाने के लिए कहा था? ड्रोमियो, बहुत मजाक हो गया। अब चुपचाप जाकर अपना काम निपटाओ। और यह बार-बार पत्नी-पत्नी मत चिल्लाओ। मेरी कोई पत्नी नहीं है।'' एंटिफोलस ने उसे झिड़कते हुए कहा।

वास्तव में वह बड़ा ड्रोमियो था, जो छोटे एंटिफोलस को बड़ा एंटिफोलस समझ रहा था। इधर, एंटिफोलस बड़े ड्रोमियो को छोटा ड्रोमियो समझकर उसे डाँट रहा था। इस प्रकार दोनों एक-दूसरे को गलत समझ बैठे।

एंटिफोलस का अजीब व्यवहार देखकर ड्रोमियो ने सोचा कि अवश्य कप्तान साहब अपनी पत्नी से लड़कर आए हैं, इसलिए गुस्से में हैं। लेकिन भाभी ने मुझे इन्हें लाने के लिए कहा है। इसलिए मैं इन्हें लेकर ही जाऊँगा। यही सोचकर वह उससे घर चलने की प्रार्थना करने लगा।

आखिरकार एंटिफोलस चिढ़ गया और बड़े ड्रोमियो का हाथ पकड़ते हुए बोला, ''लगता है, तेरे दिमाग का इलाज करवाना पड़ेगा। यह जानते हुए भी कि अभी मेरा विवाह नहीं हुआ है, बार-बार पत्नी-पत्नी बोल रहा है। चल, पहले उस लड़की से मिलता हूँ, जिसे तू मेरी पत्नी बता रहा है। उसके बाद उसे सीधा करूँगा।''

यह कहकर वह ड्रोमियो के साथ चल पड़ा।

रास्ते में बाजार पड़ता था। उस समय वहाँ बहुत चहल-पहल थी। इस भीड़ में एंटिफोलस और ड्रोमियो अलग-अलग हो गए। एंटिफोलस ने इधर-उधर देखा, लेकिन ड्रोमियो कहीं दिखाई नहीं दिया। तभी उससे छोटा ड्रोमियो टकरा गया। वह उसे डाँटते हुए बोला, ''कहाँ चला गया था मुझे भीड़ में छोड़कर? चल, कहाँ लेकर चल रहा था तू मुझे?''

ड्रोमियो आँखें झपकाते हुए बोला, ''भूल गए क्या? आपने ही तो सामान लाने बाजार भेजा था। और मैं आपको सराय में छोड़कर आया था। आप यहाँ क्या कर रहे हैं?''

एंटिफोलस का पारा ऊपर जा पहुँचा—''ड्रोमियो, सराय से तुम मुझे यह कहकर लाए थे कि मेरी पत्नी खाने के लिए बुला रही है और यहाँ आकर कह रहे हो कि तुम यहाँ सामान खरीदने आए हो। मुझे ऐसा बेहूदा मजाक पसंद नहीं है।''

''मैंने कब कहा कि आपकी पत्नी बुला रही हैं? क्या मैं नहीं जानता कि अभी आप कुँवारे हैं। जरूर आपको कोई गलतफहमी हो गई है।'' ड्रोमियो धीरे से बोला।

इधर ये दोनों बाजार में उलझे पड़े थे, उधर कप्तान की पत्नी अपने पति की प्रतीक्षा कर रही थी। ड्रोमियो अभी तक कप्तान साहब को लेकर नहीं आया था, यही सोचकर वह परेशान हो रही थी। जब समय अधिक हो गया तो वह स्वयं पति को घर लाने के लिए चल पड़ी।

बाजार में पहुँचते ही उसने छोटे एंटिफोलस और छोटे ड्रोमियो को परस्पर बातें करते हुए देखा। वह उसे कप्तान समझ बैठी और पास आकर बोली, ''आप यहाँ क्या रहे हैं? मैंने आपको भोजन के लिए बुलाया था। लेकिन लगता है, आप कुछ ज्यादा ही नाराज हैं, इसलिए बुलाने पर भी नहीं आए।''

एक युवती के मुख से अपने लिए पति शब्द सुनकर एंटिफोलस चौंक पड़ा। उस समय आसपास खड़े लोग उसी ओर देख रहे थे। एक अनजान युवती उसे पति पुकारे, यह उसके लिए असहनीय था। वह क्रोध से भड़क उठा और तमकते हुए बोला, ''कौन हो तुम, जो मुझे बार-बार पति कहकर संबोधित कर रही हो? मेरी कोई पत्नी नहीं है।''

युवती पल भर के लिए हक्की-बक्की रह गई। फिर संयत होते हुए बोली, ''आप चाहे कुछ भी कहें, परंतु इस सच को नहीं बदल सकते कि आप मेरे पति हैं। इस प्रकार बीच बाजार में झगड़ना उचित नहीं है। अच्छा यही होगा कि आप मेरे साथ घर चलें। वहीं चलकर हम शांति से बात करेंगे। चलो ड्रोमियो, तुम्हारी पत्नी भी तुम्हारा इंतजार कर रही है।''

एंटिफोलस कुछ समझ नहीं पा रहा था। वह सिर खुजलाते हुए सोचने लगा कि 'परदेश में वह बड़ी विकट स्थिति में फँस गया है। यह युवती स्वयं को उसकी पत्नी बता रही है और ड्रोमियो को भी उसकी पत्नी के पास चलने को कह रही है। मुझे किसी तरह इस स्त्री से स्वयं को बचाना होगा।'

इससे पहले कि वह कुछ कहे, पास खड़ा एक आदमी बोल पड़ा, ''साहब, क्यों घर की बात बाजार में उछाल रहे हैं? अगर आपकी पत्नी से कोई गलती हो गई हो तो घर जाकर उसे समझा दें। ऐसे नाराज होकर उसे अपशब्द

कहना आप जैसे पढ़े-लिखे व्यक्ति को शोभा नहीं देता।''

कुछ और लोगों ने भी उसकी बात का समर्थन किया।

स्थिति और विकट हो गई थी। अभी तक तो केवल युवती ही उसके पीछे पड़ी थी, किंतु अब राह चलते लोग भी उसकी बात का समर्थन कर रहे थे। एंटिफोलस समझ गया कि यदि वह युवती के साथ नहीं गया तो मामला बिगड़ सकता है। वैसे भी वह परदेसी है। कहीं लेने के देने न पड़ जाएँ, यह सोचकर उसने युवती के साथ जाने का मन बना लिया।

युवती ने उसका हाथ पकड़ा और खींचते हुए घर की ओर चल पड़ी। एंटिफोलस भारी कदमों से उसके पीछे चल रहा था। ड्रोमियो भी उनके साथ था।

घर पहुँचकर युवती ने एंटिफोलस को प्रेम से एक कुरसी पर बिठाया और ड्रोमियो से बोली, ''जाओ, तुम भी जाकर खाना खा लो। तुम्हारी पत्नी कब से भूखी-प्यासी बैठी तुम्हारी प्रतीक्षा कर रही है।''

यह कहकर वह एंटिफोलस के पास आकर बैठ गई और प्रेम भरी बातें करते हुए अपने हाथों से उसे खाना खिलाने लगी। वह अनमने मन से खाने का कौर गले से नीचे उतारने लगा।

उधर, ड्रोमियो जैसे ही रसोईघर में पहुँचा, एक नौकरानी 'स्वामी, स्वामी' कहकर उससे लिपट गई। छोटा ड्रोमियो छिटककर दूर खड़ा हो गया। डर से उसकी साँसें तेज-तेज चलने लगीं। सारा माजरा उसकी समझ से बाहर था। नौकरानी आश्चर्य से बोली, ''आज तुम्हें क्या हो गया है? तुम ऐसा व्यवहार क्यों कर रहे हो? मेरे लिपटने से तुम ऐसे छिटके जैसे किसी दूसरे की पत्नी को गले से लगाया हो। चलो, अब चलकर खाना खा लो।''

बाहर एंटिफोलस चुपचाप खाना खा रहा था, इसलिए उसे भी भोजन करने में कोई आपत्ति नहीं थी। वह आसन जमाकर बैठ गया और लगा भोजन करने।

इतनी देर में बड़ा एंटिफोलस और बड़ा ड्रोमियो घर लौट आए तथा दरवाजा खटखटाने लगे। परंतु किसी ने दरवाजा नहीं खोला। बहुत देर तक बाहर खड़े रहने के बाद बड़ा एंटिफोलस बोला—''लगता है, घर देर से आने के कारण बीवियाँ हमसे नाराज हो गई हैं। इसलिए उन्हें मनाने के लिए हमें कुछ उपहार ले आने चाहिए।''

ड्रोमियो ने उसकी बात का समर्थन किया और फिर वे दोनों वापस बाजार की ओर चल दिए।

इधर, भोजन करने के बाद छोटा एंटिफोलस और ड्रोमियो वहाँ से निकल भागने की बात सोचने लगे। थोड़ी देर बाद जब दोनों स्त्रियाँ गहरी नींद में सो गईं तो वे धीरे से उठे और वहाँ से भाग निकले।

अभी छोटा एंटिफोलस कुछ ही दूर गया था कि मार्ग में उससे एक सुनार टकरा गया। वह मुसकराते हुए उसके पास आया और एक डिब्बा पकड़ाते हुए बोला, "लीजिए कप्तान साहब, अपनी अमानत सँभालिए। मैं इसे देने आपके घर जा रहा था, अच्छा हुआ कि आप यहीं मिल गए। यह रत्नजड़ित सोने का हार आपको पूरे शहर में कहीं नहीं मिलेगा। आप इस हार की कीमत दुकान पर ही भिजवा देना।" यह कहकर वह व्यक्ति चला गया।

एंटिफोलस हैरान-सा खड़ा हुआ था। बार-बार उसके दिमाग में सुबह से घटित होनेवाली घटनाएँ घूम रही थीं। वह इस शहर में पहली बार आया था, लेकिन हर कोई उसके साथ ऐसे व्यवहार कर रहा था मानो उसे वर्षों से जानता हो। सुनार भी बिना किसी जान-पहचान के उसे इतना कीमती हार सौंप गया था।

तभी वहाँ से एक बुढ़िया गुजरी। वह छोटे एंटिफोलस को आशीर्वाद देते हुए बोली, "बेटा, तुम्हारे ही कारण मेरा बेटा निर्दोष साबित होकर जेल से छूटा है। भगवान् तुम्हें लंबी उम्र दें।"

बुढ़िया के जाने के बाद वहाँ एक युवक आया और बड़े प्रेम से उसके साथ मिला। वह युवक भी उसके साथ परिचितों जैसा व्यवहार कर रहा था। तभी एक व्यक्ति ने आकर उसे अपने पुत्र की शादी का निमंत्रण-पत्र थमाया और परिवार सहित विवाह में आने के लिए कहा। एक अन्य व्यक्ति उसे मुहरों की थैली पकड़ाते हुए बोला, "कप्तान साहब, आपने वक्त पर मेरी सहायता कर मुझे उबार लिया। आज मैं जो कुछ हूँ, आपके कारण हूँ। यह लीजिए, अपना धन स्वीकार कीजिए।"

यह सब क्या हो रहा है, एंटिफोलस की समझ में कुछ नहीं आ रहा था। वास्तव में बड़ा एंटिफोलस इसी शहर में पढ़-लिखकर बड़ा हुआ था। इसलिए शहर के लगभग सभी व्यक्ति उसे अच्छी तरह से जानते थे। छोटा एंटिफोलस बिलकुल अपने भाई जैसा था। यही कारण था कि लोग उसे कप्तान साहब समझ रहे थे।

अभी वह कुछ ही कदम चला था कि एक लड़की उसके पास आकर लाड़ करते हुए बोली, "भैया! आपने मेरा हार बनवा दिया? लाओ, कहाँ है हार? मैं बड़ी बेसब्री से उसकी प्रतीक्षा कर रही थी। ओह, तो इस डिब्बे में है मेरा हार।"

जैसे ही लड़की उसके हाथ से डिब्बा लेने लगी, एंटिफोलस गुस्से से बेकाबू हो गया। उसने उसका हाथ छिटक दिया और चीखते हुए बोला, "मैं कल ही इस शहर में आया हूँ और एक दिन में मेरे इतने रिश्तेदार पैदा हो गए! कोई खुद को मेरी पत्नी बताती है तो कोई बहन। सच-सच बताओ, कौन हो तुम? मुझे तो ऐसा लगता है कि तुम सब मिलकर मुझे ठग लेना चाहते हो।"

यह कहकर एंटिफोलस वहाँ से भाग खड़ा हुआ। लड़की ने सोचा कि किसी सदमे के कारण उसका भाई उसे नहीं पहचान पा रहा है। वह उसी समय तेजी से घर की ओर भागी। वहाँ पहुँचते ही उसने भाभी को रोते हुए बताया, "भाभी, भैया पागल हो गए हैं। उन्होंने मुझे पहचानने से इनकार कर दिया।"

"तुम यह क्या कह रही हो? कहाँ मिले तुम्हें कप्तान साहब? शायद तुम ठीक कह रही हो। उन्होंने मुझे भी पहचानने से इनकार कर दिया। न जाने कैसी बहकी-बहकी बातें कर रहे थे! बार-बार कह रहे थे कि मैं शहर में नया आया हूँ; तुम मुझे फँसाने की कोशिश कर रही हो।" कप्तान की पत्नी दुःखी स्वर में बोली।

"भैया अभी-अभी बाजार की ओर गए हैं। आप जल्दी से जाकर उन्हें घर ले आएँ। कहीं पागलपन में वह कुछ उलटा-सीधा न कर बैठें।"

कप्तान की पत्नी उसी समय बाजार की ओर दौड़ पड़ी। उस समय बड़ा एंटिफोलस उपहार खरीदने के लिए सुनार की दुकान पर पहुँचा और हार दिखाने के लिए कहा। सुनार हँसते हुए बोला, "कप्तान साहब, लगता है, आप आजकल कुछ ज्यादा खरीदारी कर रहे हैं। मैं आपको अभी हार दिखाता हूँ, परंतु पहले पिछला उधार चुका देते तो ठीक रहता।"

"पिछला उधार। किस उधार की बात कर रहे हो? मैंने कौन सी चीज तुमसे उधार ली है?" कप्तान ने आश्चर्य में भरकर पूछा।

"इतनी जल्दी भूल गए? थोड़ी देर पहले ही तो मैंने आपको रत्नजड़ित सोने का हार थमाया था।"

"थोड़ी देर पहले! क्या बात कह रहे हो तुम? आज यह हमारी पहली मुलाकात है। तुमने जरूर किसी और को हार पकड़ा दिया होगा। मैं आज सुबह इस ओर आया ही नहीं।" कप्तान ने पुनः कहा।

"कप्तान साहब, ऐसा मजाक अच्छा नहीं है। मैंने खुद आपको वह हार दिया था। मेरी आँखें धोखा नहीं खा सकतीं।" इस बार सुनार उत्तेजित हो गया था।

धीरे-धीरे दोनों का झगड़ा बढ़ता गया। अंततः बात थाने तक पहुँची। थानेदार ने दोनों को जेल में डाल दिया।

उधर, कप्तान की पत्नी उसे खोजती हुई सुनार की दुकान पर पहुँची। वहाँ उसे पता चला कि उसके पति को पुलिस पकड़कर ले गई है। वह उसी क्षण थाने जा पहुँची और थानेदार से बोली, ''मेरे पति बिलकुल निर्दोष हैं। वे कोई अपराध नहीं कर सकते। अवश्य अनजाने में उनसे कोई भूल हो गई होगी। वैसे भी आज सुबह से वे अजीब सा व्यवहार कर रहे हैं। ऐसा लगता है जैसे उन्हें पागलपन का दौरा पड़ा है। आप उन्हें छोड़ दें, जिससे मैं उनका इलाज करवा सकूँ।''

थानेदार को उसकी बातों पर विश्वास हो गया और उसने कप्तान को पागल समझकर छोड़ दिया।

घर आकर कप्तान की पत्नी ने नौकरों से कहा, ''कप्तान साहब को इसी समय रस्सी और जंजीरों से बाँधकर कमरे में बंद कर दो। ये पागल हो गए हैं। मैं अभी डॉक्टर को बुलाकर इनका इलाज करवाती हूँ।''

एंटिफोलस चीख-चीखकर कहता रहा कि वह पागल नहीं है; लेकिन किसी ने उसकी एक न सुनी। उसे कमरे में बंद करके कप्तान की पत्नी डॉक्टर को लेने चली गई।

जब वह डॉक्टर को लेकर घर लौट रही थी तो बाजार में उसे छोटा एंटिफोलस दिखाई दिया। उसने समझा कि किसी तरह खुद को छुड़ाकर वह घर से भाग आया है।

''डॉक्टर साहब, वे रहे मेरे पति। वे रहे मेरे पति।'' फिर वह उसे पुकारते हुए दौड़ पड़ी, ''कप्तान साहब, कप्तान साहब!''

एंटिफोलस ने जब आवाज की दिशा में देखा तो उसे कप्तान की पत्नी दिखाई दी। उसे अपनी ओर आते देखकर उसके होश उड़ गए। वह समझ गया कि यह स्त्री फिर उसे जबरदस्ती अपने घर ले जाएगी। अत: उसने आव देखा न ताव, सिर पर पैर रखकर विपरीत दिशा की ओर भाग लिया।

उसे भागते देख कप्तान की पत्नी चिल्लाई, ''पकड़ो उन्हें! भगवान् के लिए पकड़ो उन्हें! वे पागल हैं।''

छोटा एंटिफोलस अपने लिए 'पागल' शब्द सुनकर घबरा गया। वह तेजी से भागता हुआ एक मंदिर में जा छिपा। मंदिर में एक पुजारिन रहती थी। एंटिफोलस ने उसे अपनी सारी कहानी संक्षेप में बताकर सहायता करने की प्रार्थना की। उसने यह भी बता दिया कि एक चालाक औरत जबरदस्ती उसे अपना पति बनाकर घर ले जाना चाहती है। वह पुजारिन के पैरों में गिर पड़ा और रोते हुए बोला, ''माँ, इस दुष्ट औरत से मेरी रक्षा करो।''

'माँ' शब्द सुनते ही पुजारिन के मन में प्रेम और ममता का सागर उमड़ आया। उसने एंटिफोलस के सिर पर हाथ फेरा और स्नेह भरे स्वर में बोली, "डरो मत बेटे, वह तुम्हारा कुछ नहीं बिगाड़ पाएगी। तुम पासवाले कमरे में जाकर छिप जाओ। मैं सबकुछ सँभाल लूँगी।"

वह शीघ्रता से साथवाले कमरे में छिप गया। तभी मंदिर में कप्तान की पत्नी आई और हाँफते हुए बोली, "माँ, मेरे पति इसी ओर आए हैं। आपने उन्हें जरूर देखा होगा। कृपया बताएँ कि वे कहाँ हैं? उनकी मानसिक दशा ठीक नहीं है। मैं उन्हें घर ले जाना चाहती हूँ।"

पुजारिन उसे समझाते हुए बोली, "बेटी, वह तुम्हारा पति नहीं है। अवश्य तुम्हें कोई गलतफहमी हुई है। मैं उसे तुम्हारे हवाले कभी नहीं कर सकती। अच्छा यही होगा कि तुम यहाँ से चली जाओ।"

परंतु कप्तान की पत्नी अड़ गई। बिना पति को लिये वह वहाँ से नहीं लौट सकती थी। उसने जोर-जोर से रोना शुरू कर दिया। उसका रोना सुनकर वहाँ भीड़ लगने लगी। लोग दबी जुबान में तरह-तरह के सवाल करने लगे। इस प्रकार पूरे नगर में हड़कंप मच गया था।

उधर, राजा द्वारा एजियन को दी गई समय-सीमा समाप्त हो गई थी। उसने अभी तक जुर्माना नहीं दिया था, अतः राजा ने उसे फाँसी पर लटकाने का निश्चय कर लिया। लेकिन वहाँ का नियम था कि राजा फाँसीघर जाकर ही फाँसी देने की सजा सुनाता था। शहर का एकमात्र फाँसीघर उस मंदिर के पास ही बना हुआ था, जहाँ पुजारिन और कप्तान की पत्नी के बीच विवाद चल रहा था। जमा लोग इस तमाशे का आनंद ले रहे थे।

घर पर बड़ा एंटिफोलस भी नौकरों की आँखों में धूल झोंककर भाग निकला था। नौकर उसका पीछा कर रहे थे, अतः वह मंदिर के बाहर खड़ी भीड़ में जा छिपा। तभी कप्तान की पत्नी की नजर उस पर पड़ी। उसने उसे पकड़ लिया और प्रसन्न होकर बोली, "मुझे मेरे पति मिल गए हैं। मुझे मेरे पति मिल गए हैं।"

एंटिफोलस को बाहर देखकर पुजारिन भी आश्चर्यचकित रह गई। 'उसने उसे कमरे में छिपाया था और बाहर आनेवाले रास्ते पर वह खड़ी थी। फिर वह बाहर कैसे आ गया?' यह सोचकर उसका चेहरा पसीने से भर उठा। वह तेजी से अंदर गई और छोटे एंटिफोलस को लेकर बाहर आ गई।

उसे देखते ही आस-पास खड़े लोग स्तब्ध रह गए। कप्तान की पत्नी कभी अपने पति को देखती तो कभी पुजारिन के साथ खड़े एंटिफोलस को।

उसका चेहरा घबराहट और आश्चर्य से भर गया था। दो अपरिचित व्यक्तियों के चेहरे, रंग-रूप और कद-काठी एक समान कैसे हो सकती हैं? सभी इस रहस्य को जानने के लिए बेचैन हो रहे थे।

तभी राजा का काफ़िला उस ओर आ निकला। सबसे आगे कैदी की वेशभूषा पहने एजियन चल रहा था। छोटा एंटिफोलस उसे देखते ही पहचान गया और दौड़कर उसके गले से लग गया। पुत्र को देखकर एजियन की आँखों से भी आँसू बहने लगे। बड़ा एंटिफोलस दूर खड़ा सब देख रहा था। चूँकि बचपन से उसने पिता को नहीं देखा था, इसलिए वह उसे नहीं पहचान सका।

पिता-पुत्र के इस मिलन को देखकर राजा सारी बात समझ गया। उसने कप्तान एंटिफोलस को बुलाया और उसे एजियन की सारी कहानी सुनाई। अब कप्तान एंटिफोलस भी भावुक हो उठा और आगे बढ़कर पिता के गले से लग गया। तभी पास खड़ी वृद्धा पुजारिन रोते हुए बोली, "स्वामी, आप कहाँ चले गए थे? आपके जाने के बाद मेरे पुत्र भी मुझसे दूर हो गए। मैं, आपकी अभागी पत्नी तभी से आपके वियोग में तड़प-तड़पकर दिन गुजार रही हूँ।"

इतने वर्षों बाद पत्नी को देखकर एजियन की खुशी का ठिकाना न रहा। तभी दोनों ड्रोमियो भी वहाँ आ गए। एजियन और उसकी पत्नी ने उन्हें भी प्यार से गले लगा लिया। इस प्रकार एजियन को उसकी पत्नी और चारों पुत्र एक साथ मिल गए। इस बीच कप्तान की पत्नी भी सारी बात समझ चुकी थी। उसने सास-ससुर के पैर छूकर आशीर्वाद लिया। उनमें जो गलतफहमी हुई थी, वह दूर हो गई।

फिर कप्तान एंटिफोलस ने राजा से प्रार्थना की कि वह पूरा जुर्माना भरने को तैयार है, लेकिन उसके पिता को छोड़ दिया जाए। लेकिन राजा ने बिना जुर्माना लिये एजियन को मुक्त कर दिया। इसके बाद वह पूरा परिवार सुखपूर्वक एक साथ रहने लगा।

❑

तूफान

समुद्र के बीचोबीच एक विशाल टापू था। उस टापू पर प्रासपरो नामक एक व्यक्ति अपनी बेटी मिरांडा के साथ रहता था। वह टापू अनेक जीव-जंतुओं से भरा पड़ा था और मनुष्य के नाम पर वहाँ केवल वे दोनों ही रहते थे। एक पहाड़ी गुफा में उनका बसेरा था। मिरांडा की आयु लगभग तेरह वर्ष की थी। जब से उसने होश सँभाला, तब से वह न तो कभी टापू से बाहर गई थी और न ही किसी को वहाँ आते देखा था। वह टापू उसका संसार था। वहाँ के जीव-जंतु उसके साथी थे। उसका सारा समय इन्हीं के साथ खेलने में बीतता था।

प्रासपरो एक महान् जादूगर और तांत्रिक था। उसके पास कुछ पुराने ग्रंथ, किताबें तथा काले रंग की एक छड़ी थी। उसका अधिकतर समय उन ग्रंथों को पढ़ने में बीतता था। वह मिरांडा से बहुत प्यार करता था और उसकी सुख-सुविधाओं का पूरा ध्यान रखता था। उसके पालन-पोषण में उसने कोई कमी नहीं छोड़ी थी।

प्रासपरो बड़ी अजीबो-गरीब हरकतें किया करता था। कभी किसी अदृश्य शक्ति के साथ वह घंटों बातें करता तो कभी आकाश की ओर मुँह करके एकटक उसे निहारता रहता। जब कभी वह काली छड़ी को हाथ में लेकर अपने सिर के चारों ओर घुमाता तो आस-पास भयंकर घटनाएँ घटित होने लगतीं। आसमान में काले बादल घुमड़ आते, तेज हवाएँ चलने लगतीं, समुद्र में भयंकर तूफान उठ खड़ा होता, लहरें किनारों से टकराकर आसमान छूने लगतीं।

स्पष्ट कहा जाए तो आँधी-तूफान उसके इशारों पर काम करनेवाले गुलाम थे। इसके अतिरिक्त टापू पर रहनेवाले जानवर और प्रेतात्माएँ भी उसकी आज्ञा का पालन करती थीं। प्रासपरो जब होंठों को सिकोड़कर एक अजीब सी आवाज निकालता तो देखते-ही-देखते उसके आस-पास बहुत सी प्रेतात्माएँ प्रकट हो जाती थीं। वे उसके सैनिक थे और उसकी हर प्रकार से सहायता करते थे। इनमें

सबसे शक्तिशाली प्रेत का नाम एरियल था। उसके लिए कोई भी काम असंभव नहीं था। वह पलक झपकते ही मीलों दूर पहुँच जाता था। प्रासपरो अपने इस प्रेत को सबसे अधिक प्यार करता था।

एक दिन प्रासपरो हरी घास पर लेटा हुआ था। पास ही मिरांडा तितलियाँ और खरगोशों के साथ खेल रही थी। ठंडी हवाओं के झोंकों से उसे नींद आ गई और कुछ ही देर में वह खर्राटे भरने लगा।

सहसा वह 'बदला-बदला' चीखते हुए उठ बैठा। वह पसीने से पूरी तरह भीग चुका था; उसकी साँसें धौंकनी के समान चल रही थीं; आँखों में जैसे लहू उतर आया था। वह खड़ा हुआ और क्रुद्ध होकर समुद्र की ओर देखने लगा।

प्रासपरो अपनी सभी तंत्र क्रियाएँ मिरांडा से छिपकर करता था। वह नहीं चाहता था कि उसके दिल और दिमाग पर इसका बुरा असर पड़े। लेकिन आज उसे किसी बात का ध्यान नहीं रहा। उसकी सुर्ख आँखें दूर समुद्र में तैरते एक छोटे से जहाज को देख रही थीं।

कुछ ही पल बीते थे कि दूर-दूर तक शांत दिखनेवाले समुद्र में एक जलजला-सा उठ खड़ा हुआ। चारों ओर काले-काले बादल घिर आए; लहरें भयंकर शोर करते हुए आसमान की ओर उठने लगीं; तेज हवाओं ने जल में भँवर पैदा कर दिए; बिजली कड़कते हुए जमीन पर गिरने के लिए आतुर हो उठी।

समुद्र की विशाल लहरों के बीच जहाज कागज की नाव की तरह लहराने लगा। कभी वह दाईं ओर झुक जाता तो कभी बाईं ओर। प्रासपरो अभी भी उसे एकटक देख रहा था। ऐसा लग रहा था मानो वह अपनी पूरी शक्ति को केंद्रित करके जहाज को डुबो देना चाहता हो।

इस कशमकश के बीच आखिरकार लहरों की विजय हुई और वे जहाज को तिनके की तरह बहाकर कहीं दूर ले गईं। जहाज के अदृश्य होते ही प्रासपरो के चेहरे पर संतोष के भाव दिखाई देने लगे। वह जोर-जोर से हँसने लगा।

दूर खड़ी मिरांडा इस दृश्य को देख रही थी। समुद्र के भयंकर रूप को देखकर उसका बाल-मन भय से काँपने लगा। वह दौड़कर आई और पिता के पैरों से लिपट गई।

''मिरांडा! मेरी बच्ची।'' यह कहकर प्रासपरो ने उसे गोद में उठा लिया और स्नेहवश उसके सिर पर हाथ फेरने लगा।

मिरांडा डरते-डरते बोली, ''पिताजी, यह सब क्या था? मुझे बहुत डर लग रहा है।''

''डरो मत, मिरांडा,'' प्रासपरो ने उसका चेहरा समुद्र की ओर किया और

उँगली से संकेत करते हुए बोला, ''तुम्हें वह चमकीली वस्तु दिखाई दे रही है? उसे जहाज कहते हैं।''

''जी पिताजी!'' मिरांडा ने उँगली की दिशा में देखकर सहमति में सिर हिलाया।

''उसे यहाँ लाने के लिए ही मैंने अपने जादू से समुद्र में तूफान उठाया था।'' प्रासपरो ने धीरे से कहा।

''लेकिन आपने ऐसा क्यों किया, पिताजी?'' मिरांडा डरते हुए बोली, ''वह जहाज डूबने वाला है। उसके यात्री सहायता के लिए पुकार रहे हैं। भगवान् के लिए तूफान को रोक दें पिताजी, नहीं तो सब मारे जाएँगे।''

प्रासपरो कठोर स्वर में बोला, ''मिरांडा, यदि तुम्हें सच पता होता तो तुम मुझे कभी तूफान रोकने के लिए नहीं कहतीं। तुम नहीं जानतीं कि उस जहाज में बैठे यात्री कौन हैं?''

मिरांडा ने उत्सुकतावश पूछा, ''वे कौन हैं, पिताजी? और आप उन्हें कैसे जानते हैं?''

''बेटी, आज तक मैंने तुमसे एक रहस्य छिपाकर रखा है। यह रहस्य हमारे अतीत से संबंधित है। परंतु आज मैं तुम्हें उसके बारे में सबकुछ बताऊँगा; क्योंकि उनके यहाँ आने से पहले तुम्हें जान लेना चाहिए कि वे कौन हैं और उनसे हमारा क्या संबंध है? तभी तुम पूरी बात ठीक से समझ पाओगी।''

प्रासपरो मिरांडा को लेकर वहीं एक ओर बैठ गया और अतीत के पन्नों को खोलते हुए बोला, ''यहाँ से बहुत दूर समुद्र के दूसरे किनारे पर मिलॉन नामक एक बहुत खूबसूरत और सुंदर देश है। आज से दस वर्ष पहले मैं वहाँ का राजा था। उस समय तुम तीन साल की थीं। तुम्हें जन्म देने के कुछ दिनों बाद ही तुम्हारी माँ स्वर्ग सिधार गई थी। तभी से मैं पिता के साथ-साथ माँ बनकर तुम्हारा पालन-पोषण कर रहा हूँ। हमारे पास नौकर-चाकर, धन-दौलत, हाथी-घोड़े; सबकुछ था। तुम मेरी एकमात्र संतान थीं, इसलिए मैं तुम्हें लेकर अधिक चिंतित रहता था। मेरा अधिकांश समय तुम्हारी देखभाल में बीतता था। शेष समय में पुराने ग्रंथ और किताबें पढ़ना मेरा शौक था। मेरा एंटोनियो नामक एक छोटा भाई भी था। वह बड़ा बुद्धिमान, साहसी और कूटनीतिज्ञ था। इसलिए राजकाज की सारी जिम्मेदारी मैंने उसे सौंप दी थी। परंतु सिंहासन के सभी अधिकार पाकर उसके मन में लोभ आ गया। उसे लगने लगा कि जब तुम कुछ बड़ी हो जाओगी तो मैं उससे सारे अधिकार वापस लेकर स्वयं राज्य का कार्यभार सँभाल लूँगा। यहीं से उसकी सोच गलत दिशा की ओर मुड़ गई। वह मुझे

सिंहासन से हटाकर स्वयं राजा बनने का स्वप्न देखने लगा। लेकिन मेरे रहते उसका यह स्वप्न कभी पूरा नहीं हो सकता था। अतः उसने एक भयंकर षड्यंत्र रच डाला। एक दिन उसने समुद्र-भ्रमण का कार्यक्रम बनाया। इसके लिए उसने मुझे भी तैयार कर लिया था। निश्चित दिन मैं और तुम जहाज पर सवार होकर समुद्र-यात्रा पर निकल पड़े। जहाज का कप्तान और कर्मचारी एंटोनियो के आदमी थे। बीच समुद्र में पहुँचकर उन्होंने हमें जबरदस्ती एक नाव में बिठाकर समुद्र में मरने के लिए छोड़ दिया। लेकिन जहाज का एक मल्लाह मेरा विश्वासपात्र था। इसलिए उसने एक दिन पहले ही नाव में खाने-पीने का सामान और मेरे सभी ग्रंथ छिपाकर रख दिए थे। लहरों के थपेड़े खाते हुए हमारी नाव अनजानी दिशा की ओर चल पड़ी। उस समय मुझे सबसे अधिक चिंता तुम्हारी थी। तुम्हें सीने से चिपटाकर मैं तेजी से नाव खे रहा था। इस प्रकार कई दिन बीत गए। धीरे-धीरे खाने-पीने का सामान समाप्त हो गया। अंततः थकान और भूख से बेहाल होकर मैं ईश्वर को पुकारने लगा। आखिरकार उसने मेरी पुकार सुन ली और एक दिन हमारी नाव इस हरे-भरे टापू से आ टकराई। उसी दिन से हम इस टापू पर रह रहे हैं।''

अपने अतीत के बारे में सुनकर मिरांडा की आँखों से आँसू छलक आए और वह पिता के सीने से चिपट गई।

तभी प्रासपरो को एरियल का स्वर सुनाई दिया, ''स्वामी, मैं लौट आया हूँ।''

प्रासपरो बेटी के सामने एरियल से बात नहीं करना चाहता था। उसने सोचा कि उसे अदृश्य शक्ति से बात करते देखकर वह भयभीत हो जाएगी। इसलिए सर्वप्रथम उसने मंत्र पढ़कर मिरांडा को गहरी नींद में सुला दिया। फिर वह एरियल को संबोधित करते हुए बोला, ''आओ प्रेतराज! क्या समाचार लाए हो? जहाज के यात्री कैसे हैं?''

''स्वामी, आपने जैसा कहा था, मैंने वैसा ही किया। इस समय जहाज के सभी यात्री कुशल हैं। मैंने पूरी शक्ति लगाकर ऐसा भयंकर तूफान उठाया कि जहाज तिनके की तरह समुद्र में डूबने लगा। इतने भयंकर दृश्य को देखकर सभी के प्राण सूख गए। प्राण संकट में पड़े देख आपका वीर भाई सहायता के लिए चिल्लाने लगा। वह मल्लाहों के पैर पकड़कर प्राणरक्षा की प्रार्थना करने लगा। परंतु उसका पुत्र फर्डिनैंड बहुत वीर और दिलेर है। वह स्वयं एक नाव खेते हुए इस टापू की ओर आ रहा है। जहाज डूबने के बाद शेष लोग भी अलग-अलग तरीकों से टापू की ओर आ रहे हैं। परंतु आप निश्चिंत रहें, वे सभी सुरक्षित हैं।''

घटना का सारा विवरण सुनकर प्रासपरो प्रसन्न होकर बोला, "प्रेतराज, आज तुमने बहुत महत्त्वपूर्ण कार्य पूरा किया है। इस उपकार के बदले में तुम्हें शीघ्र ही मुक्त कर दूँगा, जिससे तुम अपने सगे-संबंधियों से जाकर मिल सको। अब तुम सभी को सकुशल यहाँ ले आओ। ध्यान रहे, कोई भी यात्री मरना नहीं चाहिए। मेरे भाई एंटोनियो का विशेष तौर पर ध्यान रखना, मुझे उससे एक पुराना हिसाब चुकता करना है।"

आज्ञा पाते ही एरियल वहाँ से चला गया।

उधर, फर्डिनैंड नाव खेते हुए टापू की ओर आ रहा था। प्रासपरो की आज्ञा से एरियल ने उसके चारों ओर संगीत की मधुर स्वर-लहरियाँ बिखेर दी थीं। उसके प्रभाव से उसे थोड़ी देर पहले घटी घटना की भी कोई सुध नहीं रही। वह टापू के उस ओर तेजी से नाव खे रहा था, जिस ओर मिरांडा और प्रासपरो बैठे हुए थे।

अथक प्रयासों के बाद फर्डिनैंड की नाव टापू पर आ लगी। उसने जैसे ही टापू पर कदम रखा, मिरांडा की नजर उसपर पड़ी। अपने पिता के अतिरिक्त आज तक उसने किसी पुरुष को नहीं देखा था। इसलिए फर्डिनैंड की सौम्यता, सुंदरता और बलिष्ठ शरीर ने उसे मोहित-सा कर दिया। उसके दिल में फर्डिनैंड के लिए प्रेम का अंकुर फूट पड़ा।

इधर, मिरांडा को देखकर फर्डिनैंड भी अपनी सुधबुध खो बैठा था। एक सुनसान टापू पर उसकी मुलाकात एक अद्वितीय सुंदरी से होगी, इसकी कल्पना उसने कभी नहीं की थी। उसे लगा मानो वह परियों के देश में आ गया हो और सामने बैठी सुंदरी परियों की रानी है।

फर्डिनैंड की नाव जैसे ही टापू से लगी थी, वैसे ही प्रासपरो अदृश्य हो गया था। वह उनकी भाव-भंगिमाएँ देख रहा था। उन्हें एक-दूसरे में खोया देखकर उसके मन को असीम शांति मिल रही थी। उसने निश्चय कर लिया था कि वह अपनी पुत्री का विवाह इस सुंदर राजकुमार के साथ ही करेगा। परंतु वह एक बार उसकी परीक्षा लेना चाहता था। अतः वह प्रकट होकर गरजते हुए बोला, "हे उद्दंड युवक! तू कौन है? इस टापू पर किसी परदेसी आदमी का आना मना है। फिर तूने यहाँ आने का साहस कैसे किया? अवश्य तू शत्रुओं का जासूस है और यहाँ की शांति भंग करने आया है। अपना परिचय दो, वरना मैं तुम्हें दंडित कर दूँगा।"

फर्डिनैंड विनम्र स्वर में बोला, "मैं मिलॉन देश के राजा एंटोनियो का पुत्र राजकुमार फर्डिनैंड हूँ। तूफान के कारण हमारा जहाज समुद्र में डूब गया है।

किसी तरह मैं यहाँ तक पहुँचा हूँ। मुझे बहुत भूख लग रही है। कुछ खाने को मिलेगा?''

''तुम्हें भोजन अवश्य दिया जाएगा, राजकुमार। लेकिन इसके बदले में तुम्हें कुल्हाड़े से मेरी कुटिया के आसपास का जंगल साफ करना होगा। यदि इस काम में तुमने जरा सी भी लापरवाही की तो तुम्हें दंडित किया जाएगा।'' प्रासपरो गरजते हुए बोला।

यह बात सुनकर फर्डिनैंड की आँखों में खून उतर आया। वह प्रासपरो को ललकारते हुए बोला, ''मैं एक राजकुमार हूँ, तुम्हारा गुलाम नहीं। लगता है, तुम्हारा दिमाग खराब हो गया है, इसलिए बहकी-बहकी बातें कर रहे हो। यदि तुम्हें अपनी शक्ति पर घमंड है तो आओ, मेरा मुकाबला करो।''

''मैं तो तुझे एक बालक समझ रहा था, लेकिन तेरा दुःसाहस बढ़ता ही जा रहा है। ठहर, मैं अभी तुझे मजा चखाता हूँ।''

''तो फिर देर क्यों कर रहे हो? उठाओ तलवार और मुकाबला करो। ध्यान रखना, जब तक मेरे हाथ में तलवार है तब तक कोई भी मेरा अहित नहीं कर सकता।'' यह कहकर राजकुमार ने तलवार की मूँठ पकड़ ली। परंतु लाख यत्न करने के बाद भी वह उसे म्यान से बाहर नहीं निकाल पाया। उसका हाथ मूँठ के साथ चिपककर रह गया।

उसकी यह हालत देखकर प्रासपरो हँसते हुए बोला, ''अभी तुम बड़ी-बड़ी बातें कर रहे थे, अचानक क्या हो गया? कहाँ गई तुम्हारी वीरता? तुमसे तो म्यान से तलवार ही नहीं निकाली जा रही, भला मेरा सामना कैसे करोगे! अगर मैं चाहूँ तो अभी तुम्हारा मस्तक काट सकता हूँ; लेकिन मैं किसी बेबस व्यक्ति पर हथियार नहीं उठाता। यदि अपना भला चाहते हो तो मेरी गुलामी स्वीकार कर लो।''

विवश राजकुमार ने सहमति में सिर हिला दिया।

फिर प्रासपरो उसकी ओर कुल्हाड़ा बढ़ाते हुए बोला, ''यह लो कुल्हाड़ा और जल्दी से काम में लग जाओ। मैं शाम तक वापस लौटूँगा। तब तक एक ओर का सारा जंगल साफ हो जाना चाहिए।''

फर्डिनैंड के प्रति पिता का इतना कठोर व्यवहार मिरांडा को अच्छा नहीं लगा। वह उसका हाथ पकड़कर बोली, ''पिताजी, यह राजकुमार है। इसने कभी पानी तक अपने हाथ से नहीं पिया होगा, भला इतना कठिन कार्य यह कैसे कर सकेगा? कुल्हाड़ा पकड़ने मात्र से इसके हाथ छिल जाएँगे। आप इतने कठोर और निर्दयी न बनें। इसे क्षमा कर दें।''

"चुप करो मिरांडा! एक अनजाने लड़के के लिए तुम अपने पिता को समझा रही हो। इस जैसे न जाने कितने राजकुमार दुनिया में भरे पड़े हैं। लकड़ियाँ काटने से ज्यादा-से-ज्यादा इसके हाथ छिल जाएँगे, टूटेंगे तो नहीं। इसे यह कार्य करना ही होगा। तुम भी इसका पक्ष लेने के बजाय इसके कार्य पर नजर रखो। अगर यह अपने कार्य में जरा भी लापरवाही दिखाए तो मुझे अवश्य बताना।" यह कहकर प्रासपरो वहाँ से चला गया।

लेकिन कुछ दूर जाकर वह पुनः अदृश्य हो गया और उनके पास आकर उनकी बातें सुनने लगा।

पिता की कठोरता और राजकुमार की विवशता देखकर मिरांडा की आँखें नम हो आईं। वह राजकुमार से बोली, "पिताजी की ओर से मैं आपसे क्षमा माँगती हूँ। विश्वास कीजिए, वे इतने निर्दयी और कठोर नहीं हैं। लेकिन कभी-कभी उनका व्यवहार ऐसा हो जाता है। मुझे विश्वास है कि वे शीघ्र लौटकर आपको यह कार्य करने से रोक देंगे।"

"तुम दुःखी मत हो, मिरांडा! मुझे न तो किसी से कोई शिकायत है और न ही किसी के प्रति दिल में कोई द्वेषभाव है। लेकिन यह सत्य है कि मैं तुमसे प्रेम करने लगा हूँ। मैं यहाँ से तुम्हें अपने साथ लेकर ही जाऊँगा। तुम मेरे दिल की रानी बनकर हमेशा मेरे साथ रहोगी।" राजकुमार ने प्रेम भरे स्वर में कहा।

"राजकुमार, मैं भी मन-ही-मन आपसे प्रेम करने लगी हूँ। मैंने स्वयं को तन-मन से आपको अर्पित कर दिया है। आप जहाँ रहेंगे, मैं वहाँ रहकर आपकी सेवा करूँगी।" मिरांडा ने भी अपने दिल की बात प्रकट कर दी।

अब तक प्रासपरो को उनके प्रेम पर यकीन हो चुका था। वह प्रकट होते हुआ बोला, "और मेरा आशीर्वाद सदा तुम दोनों के साथ रहेगा। तुम जहाँ रहो, खुश रहो।"

मिरांडा और फर्डिनैंड विस्मित होकर प्रासपरो को देखने लगे। तभी एंटोनियो और उसके अन्य साथी भी एरियल के साथ वहाँ आ पहुँचे। अभी तक एंटोनियो समझ रहा था कि तूफान उसके पुत्र को लील गया है। इस दुःख के कारण उसका चेहरा मुरझाया हुआ था। लेकिन जब उसने फर्डिनैंड को एक सुंदर युवती के साथ बैठे देखा तो उसकी प्रसन्नता का ठिकाना न रहा। उसने दौड़कर पुत्र को गले से लगा लिया।

इस मिलन के बाद एंटोनियो की दृष्टि प्रासपरो पर पड़ी। लेकिन वह उसे पहचान नहीं सका। तब प्रासपरो उसके पास आकर बोला, "आओ एंटोनियो, मुझसे भी गले मिलो। मैं कब से तुम्हें गले लगाने के लिए तरस रहा हूँ। वर्षों

पहले इनसानी कमजोरियों के कारण हम एक–दूसरे से अलग हो गए थे। लेकिन ईश्वर की कृपा से आज फिर हम एक हो रहे हैं।''

आवाज सुनते ही एंटोनियो प्रासपरो को पहचान गया। अपने नीच कर्म की याद आते ही उसकी नजरें झुक गईं। वह घुटनों के बल बैठकर प्रासपरो से क्षमा माँगने लगा। प्रासपरो ने उसे उठाकर गले से लगा लिया और स्नेह भरे स्वर में बोला, ''भाई, जीवन में ऐसी घटनाएँ घटती रहती हैं। लोभ कभी किसी को नहीं छोड़ता। लेकिन इनसान वही है जो दूसरों की गलतियों को दिल से क्षमा कर सके। मैंने तुम्हें उसी दिन क्षमा कर दिया था जिस दिन तुम्हारे सेवकों ने हमें समुद्र में छोड़ा था। आओ, अब सारे गिले–शिकवे भुलाकर हम इस जोड़े को अपना आशीर्वाद दें और नई जिंदगी की शुरुआत करें।''

एंटोनियो ने प्रसन्नतापूर्वक दोनों को आशीर्वाद दिया। फिर उस टापू पर खुशियों की वर्षा होने लगी।

❑

बारहवीं रात

इल्यूशियम नगर में एक स्त्री ने जुड़वाँ बच्चों को जन्म दिया। रंग-रूप, शक्ल-सूरत एवं कद-काठी में दोनों समान थे। बस इतना ही अंतर था कि उनमें एक लड़का था और दूसरी लड़की। माँ ने बेटे का नाम सैबेस्टियन रखा और बेटी का व्यूला। जैसे-जैसे दोनों बच्चे बड़े होने लगे, वैसे-वैसे एक विशेष बात स्पष्ट होने लगी। प्रकृति ने दोनों बच्चों की किस्मत भी एक जैसी लिखी थी। कुदरत के ऐसे करिश्मे को देखकर सभी अचंभित थे।

धीरे-धीरे समय बीतता गया और दोनों बच्चे युवा हो गए। फिर एक दिन ऐसा भी आया जब वे दोनों जलयान पर सवार होकर विदेश यात्रा के लिए चल पड़े। लेकिन अभी वे नगर से कुछ ही दूर गए थे कि समुद्र में भयंकर तूफान आ गया। लहरों के प्रचंड प्रहारों से जहाज डगमगाने लगा। नाविकों ने उसे सुरक्षित निकाल ले जाने की बहुत कोशिश की, परंतु सब व्यर्थ गया। कुछ ही पलों में वह जहाज एक विशाल चट्टान से टकराकर टुकड़े-टुकड़े हो गया।

इस दुर्घटना में कई यात्री समुद्र की लहरों में समाकर काल के ग्रास बन गए; अनेक लोग तैरते हुए इधर-उधर बह गए। परंतु विधाता ने भाई-बहन दोनों का जीवन सुनहरी कलम से लिखा था। उनका जीवन अभी शेष था। वे इस दुर्घटना में सुरक्षित बच गए, लेकिन एक-दूसरे से बिछड़ गए। पानी में डूबता-तैरता सैबेस्टियन लकड़ी के एक तख्ते तक जा पहुँचा। वह तख्ता उसके जीवित रहने का एकमात्र साधन था। अतः उसने उसे मजबूती से पकड़ लिया। लहरों के थपेड़े खाता वह तख्ता पानी पर तैरने लगा।

स्वयं को सुरक्षित पाकर उसे अपनी बहन व्यूला की याद आई। उसने बेचैन होकर इधर-उधर देखा। तभी उसे एक नाव दिखाई दी, जिस पर कुछ मल्लाह सवार थे। वे एक लड़की को जल से नाव पर खींच रहे थे। वह लड़की व्यूला ही थी। उसने आवाज लगाने की बहुत कोशिश की, लेकिन नाव के दूर होने तथा लहरों के शोर के कारण उसकी आवाज दबकर रह गई। फिर भी उसे

बहुत संतोष था। उसकी बहन सुरक्षित बच गई थी।

'यदि जीवन रहा तो वह उससे पुनः मिल लेगा', यह सोचकर उसके मन में एक नई शक्ति का संचार हुआ और वह तख्ते को किनारे की ओर खेने लगा।

इधर व्यूला ने भी भाई को सुरक्षित देख लिया था। उसके मन में भी भाई से पुनः मिलने की आशा जाग उठी। इस प्रकार तूफान ने दोनों भाई-बहन को एक-दूसरे से अलग कर दिया।

बचे हुए यात्रियों को लेकर नाव किनारे पर पहुँची और सभी ईश्वर का धन्यवाद करते हुए एक-एक कर उतरने लगे। लेकिन व्यूला जहाज के कप्तान के पास गई और धीरे से बोली—"श्रीमान, मेरा भाई मेरी जिंदगी का एकमात्र सहारा था। परंतु तूफान ने उसे मुझसे छीन लिया। न जाने वह कहाँ और किस हाल में होगा? मैं ईश्वर से सिर्फ इतनी प्रार्थना कर सकती हूँ कि वह जहाँ भी रहे, खुश और स्वस्थ रहे। मुझे पूरी उम्मीद है कि एक-न-एक दिन मैं उससे जरूर मिलूँगी। परंतु वह दिन कब आएगा, मैं इसके बारे में कुछ नहीं जानती। कप्तान साहब, क्या आप बता सकते हैं कि मुसीबत की इस घड़ी में मैं कहाँ जाऊँ और किसके पास रहूँ?"

कप्तान दोनों भाई-बहन को पहले ही दिन से पिता के समान चाहने लगा था। उसने व्यूला के सिर पर हाथ फेरा और प्रेम भरे स्वर में बोला, "बेटी, मैं जहाज का कप्तान हूँ। मेरा कोई ठिकाना नहीं है। आज यहाँ तो कल वहाँ। मेरी सारी जिंदगी इसी प्रकार सफर में निकल गई है। इसलिए चाहकर भी मैं तुम्हें अपने पास नहीं रख सकता। लेकिन तुम पास के द्वीप पर चली जाओ। वहाँ ओर्सिनो नामक बड़ा ही धर्मात्मा और दयालु राजकुमार रहता है। वह युवा है, फिर भी अभी तक उसने विवाह नहीं किया है।"

"क्या मैं जान सकती हूँ कि उसने विवाह क्यों नहीं किया?" व्यूला ने पूछा।

"वह राजकुमार ओलिविया नामक एक युवती से प्रेम करता है। वह भी उससे बहुत प्रेम करती थी। ओलिविया का एक छोटा भाई था। वह उसे अपने प्राणों से अधिक प्रेम करती थी। लेकिन छह महीने पूर्व उसका भाई रोगी होकर काल का ग्रास बन गया। भाई की मृत्यु ने उसके मन पर ऐसा गहरा आघात किया कि उसने स्वयं को एक कमरे में बंद कर लिया। तभी से वह सभी सुख त्यागकर उस कमरे में बंद रहती है। वह कभी भी अपने दिल से भाई की याद को निकाल नहीं सकी। यही कारण है कि वह न तो किसी से मिलती-जुलती है और न ही स्वयं पर किसी परपुरुष की छाया पड़ने देती है। इसी के चलते उसने स्वयं

को राजकुमार से भी दूर कर लिया। इधर राजकुमार दिन-रात उसके लिए तड़पता रहता है।''

व्यूला दुःखी स्वर में बोली, ''न जाने मुझे भी मेरा भाई मिलेगा या नहीं। उसके बिना जीवित रहना बहुत कठिन है। कप्तान साहब, आपने जिस ओलिविया के बारे में बताया है, मैं भी उसकी तरह भाई के बिछोह से दुःखी हूँ। यदि आप मुझे उस तक पहुँचा दें तो मैं आपका उपकार कभी नहीं भूलूँगी। मुझे पूरा विश्वास है कि अपने भाई की मृत्यु के दुःख में डूबी ओलिविया मेरे मन की पीड़ा को अवश्य समझेगी और सैबेस्टियन को ढूँढ़ने में मेरी पूरी सहायता करेगी।''

कुछ देर सोचने के बाद कप्तान बोला, ''बेटी, शायद तुम ठीक कह रही हो। लेकिन उससे मिलना इतना सरल नहीं है। बिना परिचय के वह किसी से नहीं मिलती। उचित यही होगा कि तुम राजकुमार के पास जाओ। वह तुम्हारी कोई-न-कोई सहायता अवश्य करेगा और तुम्हें तुम्हारा भाई मिल जाएगा।''

व्यूला को यह परामर्श उचित लगा। उसने कप्तान से विदा ली और राजकुमार से मिलने चल पड़ी।

कुछ दिनों की यात्रा के बाद वह द्वीप पर जा पहुँची। उसने एक देहाती युवक का वेश बनाया और राजकुमार के पास नौकरी करने लगी। सभी उसे सिसेरियो के नाम से जानते थे। जुड़वाँ होने के कारण वह बिलकुल अपने भाई जैसी दिखाई देती थी। ऊपर से पुरुष वेश ने उसे पूरी तरह से सैबेस्टियन की तरह बना दिया था।

चूँकि वह प्रत्येक कार्य में निपुण थी, इसलिए शीघ्र ही उसने अपने सेवाभाव से राजकुमार का मन जीत लिया। धीरे-धीरे वह राजकुमार की इतनी विश्वासपात्र बन गई कि वह उसे अपने दिल की सारी बातें बताने लगा। उसने उसे अपने प्रेम-संबंधों के बारे में भी विस्तार से बताया और उससे सहायता करने के लिए कहा।

परंतु अब तक व्यूला स्वयं भी राजकुमार से प्रेम करने लगी थी। राजकुमार का सुंदर, सलोना और सौम्य चेहरा बार-बार उसे आकर्षित करता था। वह मोहित होकर उसकी ओर खिंची चली जाती थी। वह मन-ही-मन सोचा करती थी कि ओलिविया कितनी पत्थरदिल है, जिसने इतने सुंदर राजकुमार को रोने के लिए छोड़ दिया है। उसके मन पर इसकी आहों का कोई असर नहीं होता। यदि राजकुमार मुझे मिल जाएँ तो मैं इन्हें पलकों पर बिठाकर रखूँगी, इनके चरणों को माथे से लगाऊँगी।

एक दिन ओलिविया को याद करते हुए ओर्सियो आँसू बहा रहा था। सिसेरियो से यह देखा न गया। वह उसके पास आया और स्नेह भरे स्वर में बोला, ''राजकुमार, आप दिन-रात ओलिविया का गुणगान करते हुए आँसू बहाते रहते हैं। इसके चलते न तो आपको खाने-पीने की सुध रहती है और न ही किसी और काम में आपका मन लगता है। मुझसे आपकी यह दशा नहीं देखी जाती। आखिर यों कब तक आप उसे याद करके स्वयं को दुःख पहुँचाते रहेंगे? आप तो उसके नाम की माला जपते रहते हैं, लेकिन क्या उसने कभी आपकी फिक्र की है? मुझे लगता है कि उस पत्थर दिल पर आपकी प्रार्थनाओं का कोई असर नहीं होगा।''

राजकुमार तड़पते हुए बोला, ''सिसेरियो, शायद ईश्वर ने स्त्रियों का मन ही पत्थर का बनाया है। इसलिए उनका दिल दुःख भरी आहों से भी नहीं पसीजता। एक ओर तो पुरुष अपना सबकुछ स्त्री पर न्योछावर करके भी स्वयं को ऋणी मानते हैं, वहीं दूसरी ओर पत्थरदिल नारी को उनकी भावनाओं और जज्बातों से कोई सरोकार नहीं होता।''

राजकुमार के मुँह से स्त्रियों के लिए कठोर वचन सुनकर सिसेरियो का दिल तड़प उठा। उसने पुरुष का वेश बना रखा था, लेकिन वास्तव में वह थी तो एक नारी ही। वह राजकुमार को बताना चाहती थी कि हर नारी का दिल पत्थर का नहीं होता। उसके दिल में उसके लिए कितनी कोमल और स्नेहयुक्त भावनाएँ हैं। लेकिन चाहकर भी वह ये सब बातें उसे नहीं बता सकती थी। काश, वह विवश न होती तो अपना दिल निकालकर दिखा देती कि वह उसे कितना प्रेम करती है।

राजकुमार पुनः बोला, ''इस दुनिया में स्त्री के प्यार पर विश्वास करना सबसे बड़ी मूर्खता है। उसका प्यार चंचल हिरणी की तरह होता है, जो कभी भी किसी एक स्थान पर नहीं टिकती।''

इस बार सिसेरियो अपने आप को नहीं रोक पाया। आखिरकार उसके मन की बात जुबान पर आ ही गई। वह थरथराते होंठों से बोला, ''राजकुमार, इस प्रकार नारी के प्यार का अपमान न करें। आप नहीं जानते, नारी का प्यार कितना महान् होता है। यदि मैं स्त्री होता तो बता देता कि नारी का प्यार आसमान से भी ऊँचा और अनंत होता है। उसके सामने संसार के सभी सुख छोटे प्रतीत होते हैं। मुझे इसका बहुत गहरा अनुभव है।''

राजकुमार आश्चर्य में भरकर बोला, ''यह क्या कह रहे हो तुम, सिसेरियो? क्या तुम अपनी बात का प्रमाण दे सकते हो?''

"उचित समय की प्रतीक्षा करें, राजकुमार! एक दिन मैं इस बात को प्रमाण सहित सिद्ध कर दूँगा।" सिसेरियो ने आत्मविश्वास के साथ कहा।

"सिसेरियो, मेरे लिए ओलिविया ही प्रत्यक्ष प्रमाण है। यदि तुम उसके मन में मेरे लिए पुनः प्रेम उत्पन्न कर दो तो मैं तुम्हारी बात मान लूँगा। मुझे तुम्हारे अंदर वह शक्ति दिखाई दे रही है जिससे तुम ओलिविया को मोहकर मेरे पास ला सकते हो। मित्र, तुम उसके पास मेरे प्रेम का संदेश लेकर जाओ और उसे मेरी वास्तविक स्थिति से अवगत कराओ। मुझे पूरा विश्वास है कि उसका पत्थरदिल अवश्य पिघल जाएगा। यदि तुमने ऐसा कर दिया तो मैं तुम्हारा अहसान जिंदगी भर नहीं भूलूँगा।" राजकुमार ने उसके हाथ पकड़कर विनती की।

व्यूला के मन पर जैसे किसी ने तलवार से वार किया हो। इस आघात ने उसके चेहरे को पीड़ा से भर दिया। जिसे वह दिलोजान से प्यार करती है, उसका प्रेम-संदेश दूसरी युवती के पास ले जाने की कल्पना तक से उसका दिल टुकड़े-टुकड़े हो गया। अपने प्रेमी को दूसरे के हाथ सौंपने की बात उसे अंदर-ही-अंदर बुरी तरह से कचोटने लगी। कितनी विकट स्थिति उत्पन्न हो गई थी। न चाहते हुए भी इस कार्य के लिए उसे ही चुना गया था।

परंतु वह राजकुमार को दिल से चाहती थी; उसके लिए उसकी खुशी ही सबसे अधिक महत्त्व रखती थी। सच्चा प्यार भी वही होता है, जिसमें आप अपने प्यार की अधिक परवाह करते हैं। इसलिए सीने पर पत्थर रखकर वह ओलिविया के पास जा पहुँची और राजकुमार की व्यथा बताते हुए बोली, "राजकुमारी, वे आपके बिना पल-पल मर रहे हैं। उनकी आँखें हमेशा आँसुओं से भीगी रहती हैं। उन्हें न तो खाने-पीने का होश रहता है, न ही सोने-जागने का। वे आपसे बहुत प्यार करते हैं। यदि आप उन्हें नहीं मिलीं तो वे ऐसे ही घुट-घुटकर अपने प्राण त्याग देंगे। इसलिए आप उन्हें स्वीकार करके उनकी प्राणरक्षा करें। इसी में आपकी और उनकी भलाई है।"

ओलिविया के मन में प्यार का सागर उमड़ आया। किंतु यह राजकुमार के लिए नहीं था। सिसेरियो की प्रेमयुक्त बातों, कोमल आवाज और सौम्य चेहरे ने उसे मोहित-सा कर दिया। चूँकि सिसेरियो पुरुष वेश में था, इसलिए वह उसे पुरुष समझकर मन-ही-मन उससे प्रेम करने लगी। उस पर सिसेरियो का जादू ऐसा चला कि वह भाई के दुःख को भी भूल बैठी। उसने सिसेरियो का हाथ पकड़ लिया और प्रेमपूर्वक उसे चूमने लगी।

सिसेरियो ओलिविया के मन के भावों को समझ गया। उसने हाथ पीछे खींच लिया और पुनः उसका मन राजकुमार की ओर मोड़ने का प्रयत्न

करने लगा।

पानी की धारा का मुख तो मोड़ा जा सकता है, किंतु समुद्र का रास्ता मोड़ना असंभव होता है। ऐसा ही कुछ ओलिविया के साथ भी हुआ। सिसेरियो उसे जितना राजकुमार के बारे में बताता, उतना ही वह उसकी ओर आकर्षित होती जाती। अंत में वह विनम्र स्वर में बोली, "युवक, तुम मेरी ओर से राजकुमार से क्षमा माँग लेना और उन्हें कह देना कि वे मेरे लिए इतने दीवाने न हों। मैं उनके योग्य नहीं हूँ। इसलिए वे मुझे भूल जाएँ। मैं कभी उनकी नहीं हो सकती।"

आखिरकार सिसेरियो उसे समझा-समझाकर हार गया और निराश होकर राजकुमार के पास लौट आया।

सिसेरियो के बाद ओलिविया का मन बेचैन हो गया। ऐसा लगने लगा मानो कोई उसका मन निकालकर ले गया हो। बार-बार उसकी आँखों के सामने सिसेरियो का चेहरा घूमने लगा। कानों में उसी की मधुर आवाज गूँजने लगी। वह उससे पुनः मिलना चाहती थी। लेकिन उसे कोई रास्ता नजर नहीं आया। इसी प्रकार सारी रात कट गई।

सुबह कुछ सोचकर उसने कागज-कलम उठाई और सिसेरियो के नाम एक पत्र लिखने लगी—

'प्रिय सिसेरियो,

मैं अपने आप में डूबी हुई चुपचाप दिन काट रही थी। मुझे किसी से कोई मतलब नहीं था। लेकिन कल तुम बारिश की बूँदों की तरह आए और मुझे अपने प्रेम से पूरी तरह भिगो दिया। तुम्हारी बातों ने मेरे मन में विचारों की उथल-पुथल पैदा कर दी। राजकुमार का संदेश लेकर तुम मेरे पास क्यों आए थे? तुम तो चले गए, साथ में मेरा सुख-चैन और मन चुराकर ले गए। तुम्हारे साथ बीता हुआ एक-एक पल मुझे याद आ रहा है। तुमसे मिलने के बाद मैं तुम्हारी हो गई हूँ। प्रियतम! अगर तुम्हारे दिल में मेरे लिए जरा सी भी दया है तो एक बार आकर मेरी आँखों को तृप्त अवश्य करो। मैं पलकें बिछाए बड़ी बेसब्री से तुम्हारी प्रतीक्षा कर रही हूँ।

तुम्हारी ओलिविया'

पत्र लिखने के बाद उसने अपने एक विश्वस्त सेवक के हाथों वह संदेश सिसेरियो तक पहुँचा दिया।

पत्र पढ़कर एक पल के लिए सिसेरियो भौचक्का रह गया। फिर जोरदार ठहाका लगाकर हँसने लगा। उसके मन में ओलिविया के लिए सहानुभूति उमड़

आई। उसकी कोमल भावनाओं पर उसे दया आने लगी। यह वही ओलिविया थी, जो पुरुष के साए से भी दूर रहती थी। परंतु आज एक स्त्री के प्रेम में पड़कर सुधबुध खो बैठी थी।

लेकिन यह मजाक का विषय नहीं था। इससे स्थिति और भी गंभीर हो सकती थी। यही सोचकर व्यूला पुन: ओलिविया के पास गई और समझा-बुझाकर उसका मन अपनी ओर से हटाने का प्रयत्न करने लगी। लेकिन अनेक प्रयत्न करने के बाद भी वह उसकी दीवानगी दूर नहीं कर सकी। अंत में थक-हारकर वह महल की ओर लौट पड़ी।

जैसे ही व्यूला ओलिविया के घर से बाहर निकली, उसका सामना एक शराबी से हो गया। नशे के कारण वह बुरी तरह से लड़खड़ा रहां था। उसने व्यूला का मार्ग रोक लिया और उत्तेजित होते हुए बोला, "अच्छा, तो तुम ही वह व्यक्ति हो जिसके हाथ राजकुमार अपने प्रेम संदेश ओलिविया तक पहुँचाता है। मैं ओलिविया से प्रेम करता हूँ; वह सिर्फ मेरी है। उसे कोई मुझसे नहीं छीन सकता। अगर राजकुमार सोचता है कि वह तुम्हें भेजकर ओलिविया के मन में अपने लिए प्रेम पैदा कर लेगा तो यह उसकी भूल है। मैं अभी तुम्हें इसका मजा चखाता हूँ। इसके बाद मैं उस राजकुमार को सबक सिखाऊँगा।"

यह कहकर शराबी ने तलवार निकाल ली और सिसेरिया की ओर लपका।

उसे अपनी ओर आते देख सिसेरिया के होश उड़ गए। आखिरकार थी तो वह एक लड़की ही। वह भला उस शराबी का सामना कैसे कर पाती! भय से उसका चेहरा पीला पड़ गया। वह पसीने से नहा उठी।

वह सहायता के लिए चिल्लाना ही चाहती थी कि तभी उसे एक पुरुष स्वर सुनाई दिया, "घबराओ मत सैबेस्टियन! मैं अभी इस दुष्ट को सीधा करता हूँ।"

अपने भाई का नाम सुनकर व्यूला चौंक पड़ी। उसने पलटकर देखा तो गली के कोने से एक व्यक्ति तेज-तेज चलता हुआ आ रहा था। वह व्यूला के लिए अजनबी था। पास आते ही उस अजनबी ने शराबी का हाथ पकड़ लिया और उसके साथ भिड़ गया। पलक झपकते ही उसने शराबी की तलवार छीन ली और उसे लात-घूँसों से मारने लगा।

अचानक घटी इस घटना ने व्यूला को बेसुध-सा कर दिया। इससे पहले कि वह कुछ कर पाती, दो सैनिकों ने आकर अजनबी के हाथों में हथकड़ी पहना दी और उसे घसीटकर थाने ले जाने लगे।

अजनबी चीखते हुए बोला, ''देख क्या रहे हो, सैबेस्टियन! मेरी मदद करो।'

व्यूला को जैसे कुछ सुनाई दे रहा था; वह एकटक उस अजनबी को देख रही थी।

अजनबी ने उसे पुनः पुकारा, ''सैबेस्टियन, इस प्रकार बुत बनकर क्यों खड़े हो? मेरी मदद करो। भूल गए, मैंने तुम्हें समुद्र में से निकालकर तुम्हारी रक्षा की थी। इस समय भी मैं तुम्हारी प्राणरक्षा के लिए ही इस शराबी से उलझा था। लेकिन मेरी मदद करने के बदले तुम चुप खड़े हो।''

अजनबी की बात सुनकर व्यूला जैसे नींद से जागी। उसकी चेतना लौटने लगी। धीरे-धीरे उसके मस्तिष्क में सारी स्थिति स्पष्ट होने लगी। वह समझ गई कि यह अजनबी अवश्य उसके भाई का मित्र है। इसका मतलब यह था कि उसका भाई अभी जीवित है। यह सोचकर उसका मन प्रसन्नता से भर उठा। लेकिन इससे पूर्व वह सैनिकों को कुछ कह पाती, वे उसे घसीटते हुए वहाँ से ले गए।

व्यूला ने इधर-उधर देखा, तब तक शराबी भी वहाँ से नौ-दो ग्यारह हो चुका था। कहीं वह न लौट आए, यह सोचकर व्यूला तेजी से आगे बढ़ गई।

जैसे ही व्यूला गली से बाहर निकली वैसे ही दूसरे छोर से सैबेस्टियन ने गली में प्रवेश किया। अभी वह गली के बीचोबीच पहुँचा ही था कि शराबी पुनः लौट आया। इस बार उसके साथ दो हट्टे-कट्टे गुंडे भी थे।

उसने सैबेस्टियन को व्यूला समझकर घेर लिया और उसे झिड़कते हुए बोला, ''तूने मुझे अपने साथी के हाथों पिटवाकर बहुत बुरा किया। मैं तुझे नहीं छोड़ूँगा। देख, मैं तेरी कैसी दुर्गति करता हूँ।'' यह कहकर तीनों गुंडों ने तलवारें निकाल लीं और सैबेस्टियन पर हमला कर दिया।

लेकिन सैबेस्टियन भी एक उत्कृष्ट कोटि का तलवारबाज और बड़ा ही चुस्त लड़ाका था। वह उनके वार बचा गया और तेजी से अपनी तलवार निकालकर उनका सामना करने लगा। देखते-ही-देखते उसने तीनों की तलवारें काट डालीं और मार-मारकर उन्हें भागने के लिए विवश कर दिया।

तब तक शोर-शराबा सुनकर ओलिविया भी बाहर आ गई थी। सैबेस्टियन को अकेले तीनों गुंडों को धूल चटाते देख वह बुरी तरह से उस पर आसक्त हो गई। वह उसे सिसेरियो समझ रही थी। उसने उसका हाथ पकड़ा और उसे प्रेमपूर्वक अपने महल के अंदर ले आई।

सैबेस्टियन बड़ा हैरान था। इस शहर में नया होने के कारण वह न तो

किसी को जानता था और न ही पहले कभी यहाँ आया था। फिर भी बिना किसी कारण के वे गुंडे उससे लड़ने को उतावले हो रहे थे। इसके बाद एक अनजानी राजकुमारी उस पर स्नेह और प्रेम की वर्षा कर रही थी। इन सबने उसे सोच में डाल दिया। वह इसे जितना सुलझाने की कोशिश करता, उतना ही और उलझता जाता।

धीरे-धीरे ओलिविया के प्रेम ने सैबेस्टियन पर अपना असर दिखाना शुरू कर दिया। वह सोचने लगा कि शायद मेरी वीरता और सुंदरता देखकर यह युवती मुझसे प्रेम करने लगी है। उसका मन भी ओलिविया की ओर आकर्षित हो रहा था। अतः वह भी उसके प्रेम का प्रत्युत्तर प्रेम से देने लगा।

ओलिविया भी उसका व्यवहार देखकर आश्चर्यचकित हो रही थी। कुछ देर पहले तक सिसेरियो उससे दूर रहने की बात कर रहा था। लेकिन अब उसके प्रति प्रेम प्रदर्शित कर रहा था। उसमें यह परिवर्तन देखकर ओलिविया बहुत प्रसन्न हुई। अंततः सिसेरियो भी उसे प्रेम करने लगा था। उसकी मन की मुराद पूरी हो गई थी।

उधर थाने में सैनिक उस अजनबी से पूछताछ कर रहे थे।

"तुम्हारा नाम क्या है? क्या करते हो?"

"मेरा नाम एंटोनियो है। मैं एक जहाज का कप्तान हूँ।" उसने शालीनता से उत्तर दिया।

"तुम उस शराबी के साथ लड़ाई क्यों कर रहे थे?"

"वह मेरे मित्र सैबेस्टियन को मारने वाला था। उसे बचाने के लिए ही मैंने उस शराबी से लड़ाई की थी।"

"अगर वह तुम्हारा मित्र था तो तुम्हारे पुकारने पर वह कुछ बोला क्यों नहीं?" सिपाही ने अगला प्रश्न किया।

एंटोनियो का चेहरा गुस्से से लाल हो गया। वह भभकते हुए बोला, "जब वह समुद्र में डूब रहा था, तब मैंने उसके प्राण बचाए, उसे अपने जहाज पर शरण दी, उसकी सुख-सुविधाओं का ध्यान रखा। आज भी उसे बचाने के लिए मैंने अपने प्राण संकट में डाले थे। लेकिन मुझे नहीं पता था कि वह मक्कार और कृतघ्न है।"

"अब तुम क्या करोगे?"

"मैं इस शहर में परदेशी हूँ। मेरा इरादा किसी को नुकसान पहुँचाने का नहीं था। मैंने जो कुछ किया, बचाव में किया। अब आप पर निर्भर करता है कि इसके लिए मुझे दंडित करें या छोड़ दें।" एंटोनियो ने शांत स्वर में कहा।

उसकी विनम्रता देखकर सैनिक बड़े प्रभावित हुए और उसे चेतावनी देकर छोड़ दिया।

सैबेस्टियन की दगाबाजी ने एंटोनियो के तन-बदन में आग लगा दी थी। वह उससे प्रतिशोध लेने के लिए तड़प रहा था। उसने निश्चय कर लिया था कि चाहे कुछ भी हो जाए, वह उसे सबक सिखाकर रहेगा। वह शीघ्रता से उस स्थान पर जा पहुँचा, जहाँ से उसे बंदी बनाया गया था। लेकिन सैबेस्टियन का दूर-दूर तक कोई पता नहीं था।

उधर, सिसेरियो अभी तक महल में नहीं पहुँचा था। राजकुमार को उसकी चिंता होने लगी। जब बहुत देर हो गई तो उसे ढूँढ़ते हुए वह ओलिविया के घर पहुँचा। घर के अंदर प्रवेश करते ही उसकी आँखें फटी-की-फटी रह गईं। उसने देखा, सिसेरियो पलंग पर शॉल लपेटे बैठा हुआ है। पास ही ओलिविया बैठी हुई उसे अपने हाथों से फल खिला रही थी।

यह दृश्य देखकर राजकुमार का रोम-रोम जल उठा। उसने स्वप्न में भी ऐसी कल्पना नहीं की थी। वह गरजते हुए बोला, ''सिसेरियो! विश्वासघाती! मैंने तुझे अपना राजदार बनाकर ओलिविया के पास भेजा था, ताकि तू उसके दिल में मेरे लिए प्रेम पैदा कर सके। लेकिन तू अपनी ही दाल गलाने लगा। ऐसा करते हुए तुझे लज्जा नहीं आई! तू भूख से तड़पते हुए मेरे पास आया था। मैंने तुझे खाना दिया, नौकरी दी, यहाँ तक कि तुझे मित्र की तरह समझा। परंतु तूने मेरी पीठ में ही छुरा घोंप दिया!''

राजकुमार की जली-कटी सुनकर सैबेस्टियन भी गुस्से में भर आया और पलंग से खड़े होते हुए बोला, ''कौन है तू, जो इस तरह से मुझे अपशब्द बोल रहा है? किसने कहा कि मैं तेरे पास भूख से पीड़ित होकर आया था? लगता है, तेरा दिमाग फिर गया है, इसलिए मुझे सिसेरियो के नाम से पुकार रहा है। कान खोलकर सुन ले, मेरा नाम सैबेस्टियन है और मैं आज ही इस शहर में आया हूँ। अगर अब तूने कुछ गलत बोला तो मैं तेरी जुबान खींच लूँगा!''

सैबेस्टियन का स्वर इतना ऊँचा था कि बाहर खड़े एंटोनियो ने भी उसकी आवाज सुन ली। वह शीघ्रता से घर के अंदर आया और सैबेस्टियन से बोला— ''दुष्ट, मैंने तुझे अपना मित्र समझा और तूने मेरे साथ ही विश्वासघात किया! मैंने तुझे डूबने से बचाया था। यहाँ भी तुझे बचाने के लिए मैंने अपने प्राण संकट में डाले। लेकिन तू मक्कार और दगाबाज निकला। तुझ जैसे धोखेबाज को तो भूखे कुत्तों के सामने डाल देना चाहिए।''

यह कहकर उसने सैबेस्टियन को पकड़ लिया और बाहर घसीटने लगा।

इस कार्य में राजकुमार भी उसकी सहायता करने लगा। तभी आश्चर्य से दोनों की आँखें खुली-की-खुली रह गईं। उन्होंने सैबेस्टियन को छोड़ दिया और दरवाजे की ओर देखने लगे। वहाँ से व्यूला अंदर आ रही थी। उस समय भी वह पुरुष-वेश में ही थी।

एक समान कद-काठी, रंग-रूप एवं चेहरेवाले दो व्यक्तियों को देख राजकुमार और एंटोनियो बार-बार पलकें झपकने लगे। दोनों में बाल भर भी अंतर नहीं था। ओलिविया भी दुविधा में पड़ गई कि इसमें से उसका प्रेमी कौन है।

उनके रहस्य को कोई नहीं जानता था। परंतु सैबेस्टियन और व्यूला एक-दूसरे को पहचान गए। प्रसन्नता से उनकी आँखें भर आईं और उन्होंने आगे बढ़कर एक-दूसरे को गले से लगा लिया। आस-पास खड़े लोग बड़े आश्चर्य के साथ उनके इस भावुक मिलन को देख रहे थे।

व्यूला भाई को जोर से बाँहों में भरते हुए बोली, "आप कहाँ चले गए थे, भैया? आपके बिना मैंने एक-एक पल पहाड़ की तरह काटा है। आज आपको जीवित देखकर मेरे सभी दुःख और कष्ट समाप्त हो गए हैं।"

"मेरी बहन! तुम्हारे बिना मेरा हाल भी बहुत बुरा था। हर पल मुझे तुम्हारी याद आती रहती थी। तुम्हें देखकर मुझमें फिर से प्राणों का संचार हो गया है।" सैबेस्टियन ने बहन की आँखों से आँसू पोंछते हुए कहा।

अब तक शांत खड़ा राजकुमार सैबेस्टियन के मुख से सिसेरियो के लिए 'बहन' शब्द सुनकर बुरी तरह से चौंक पड़ा। वह धीमे से बोला, "तो क्या सिसेरियो पुरुष वेश में एक लड़की है? लेकिन इसने ऐसा क्यों किया?"

"राजकुमार, यह मेरा भाई सैबेस्टियन है। जहाज-दुर्घटना में हम एक-दूसरे से बिछड़ गए थे। जिस व्यक्ति ने मुझे डूबने से बचाया था, उसने मुझे बताया कि सैबेस्टियन को ढूँढ़ने में केवल आप ही मेरी सहायता कर सकते थे। इसलिए पुरुष वेश बनाकर मैं आपके पास सहायता के लिए आई थी। परंतु यहाँ आकर आपकी सौम्यता, दयालुता और शालीनता ने मेरे मन को जीत लिया और मन-ही-मन मैं आपसे प्रेम कर बैठी। यह आप पर निर्भर करता है कि आप मुझे स्वीकार करें या नहीं, लेकिन मैं जीवन भर आपकी सेवा करती रहूँगी।" आखिरकार व्यूला ने अपने मन की बात कह ही दी।

व्यूला के प्रेम को लेकर राजकुमार के मन में कोई संदेह नहीं था। उसने आगे बढ़कर उसे मन से लगा लिया।

अब सैबेस्टियन की बारी थी। वह ओलिविया से बोला, "जब मैं डूब रहा था तब एंटोनियो ने मुझे बचाया था। मैं इसका उपकार जिंदगी भर नहीं भूल

सकता। हम दोनों व्यूला को ढूँढ़ने के लिए ही इस शहर में आए थे। परंतु संयोगवश मेरी भेंट ओलिविया से हो गई। ओलिविया, मैं तुमसे प्यार करने लग गया हूँ। क्या तुम मेरे साथ जीवन बिताना पसंद करोगी?''

ओलिविया ने सैबेस्टियन का हाथ थामकर अपनी स्वीकृति दे दी। अब तक एंटोनियो भी सारी बात समझ चुका था। उसने सैबेस्टियन से अपने किए की माफी माँग ली। इसके बाद राजकुमार व्यूला को लेकर वहाँ से चला गया।

❑

हैमलेट

डेनमार्क से कुछ दूरी पर एक खूबसूरत देश था। वहाँ हैमलेट नाम का राजा राज्य करता था। उसका विवाह एक अत्यंत सुंदर राजकुमारी के साथ हुआ। दोनों एक-दूसरे को बहुत प्रेम करते थे तथा एक-दूसरे के लिए हमेशा प्राण तक न्योछावर करने के लिए तैयार रहते थे। विवाह के बाद रानी ने एक पुत्र को जन्म दिया। उसका नाम कुमार हैमलेट रखा गया। बचपन से ही वह माता की अपेक्षा अपने पिता से अधिक प्रेम करता था। महाराज हैमलेट का क्लेदियस नामक एक छोटा भाई भी था। वह उन्हीं के साथ रहता था। इस प्रकार वे सुखपूर्वक जीवन बिता रहे थे। हैमलेट के राज्य में सुख-समृद्धि का वास था। उसने लोगों की भलाई के लिए अनेक कार्य किए। यही कारण था कि प्रजा ऐसा राजा पाकर स्वयं को धन्य समझती थी।

एक दिन भयंकर दुर्घटना घटी; राजा हैमलेट स्वर्ग सिधार गए। उनकी मृत्यु के बारे में क्लेदियस के अतिरिक्त कोई नहीं जानता था। आँखों में आँसू भरकर उसने भारी मन से घोषणा की कि एक जहरीले सर्प के काटने से महाराज हैमलेट काल का ग्रास बन गए हैं।

हैमलेट की मृत्यु का समाचार प्रजा पर कड़कती बिजली बनकर गिरा। प्रजा अपने राजा हैमलेट को बहुत प्रेम करती थी। इस समाचार ने उन्हें दु:ख के गहरे सागर में डुबो दिया। सारे राज्य में शोक की लहर दौड़ गई।

इस दुर्घटना का सबसे बुरा असर राजकुमार हैमलेट पर पड़ा। वह अपने पिता से बहुत स्नेह करता था। उसका अधिकांश समय उन्हीं के साथ व्यतीत होता था। उसका नन्हा दिल पिता की मृत्यु से बिलकुल टूट गया। उसकी आँखों से निरंतर आँसू बहते रहते। उसकी भूख-प्यास और नींद समाप्त हो गई थी। किसी तरह समझा-बुझाकर उसे सुलाया जाता। परंतु आधी रात के समय पिता को पुकारते हुए वह बिस्तर से उठ बैठता। उसके बाद सारी रात करवटें बदलते या रोते हुए गुजार देता था।

इसी प्रकार दो महीने बीत गए। लेकिन अब भी उसके दिलो-दिमाग पर

पिता की छाप ताजा थी। एक पल के लिए भी वह पिता को नहीं भूला था। वह उनके कक्ष में जाकर घंटों रोया करता था।

अभी वह स्वयं को सँभाल भी नहीं पाया था कि एक दिन एक समाचार सुनकर वह आश्चर्यचकित रह गया। उसे अपने कानों पर विश्वास नहीं हुआ। जिस माँ ने जीवित रहते उसके पिता को अथाह प्यार दिया था, जो उनके लिए अपना सबकुछ न्योछावर करने को तत्पर रहती थी, उसी ने उसके चाचा क्लेदियस के साथ विवाह कर लिया था। इस बारे में उसने उसे भी कुछ बताना उचित नहीं समझा था। सारा कार्य बड़े गुप्त ढंग से संपन्न हुआ था।

यह विवाह किसी भी प्रकार से उपयुक्त नहीं कहा जा सकता था। जहाँ रानी सुंदरता की मूर्ति थी, वहीं क्लेदियस बहुत काला, भद्दा और असामान्य कठ-काँठी का व्यक्ति था। ढूँढ़ने पर भी उसमें कोई गुण नजर नहीं आता था। स्पष्ट शब्दों में कहा जाए तो वह किसी भी तरह से रानी और राजसिंहासन के योग्य नहीं था। परंतु यह बात केवल हैमलेट समझता था, रानी ने तो इस ओर से अपनी आँखें मूँद रखी थीं।

रानी ने इस विवाह के लिए बहुत जल्दी अपनी स्वीकृति दे दी थी, यही बात हैमलेट को सबसे अधिक चुभती थी। उसके पिता को गुजरे अभी दो महीने ही हुए थे और उसकी माँ ने दूसरा विवाह कर लिया था। पति के लिए उसकी माँ के मन में जो प्रेम था, जो समर्पण भाव था, वह इतनी जल्दी कहाँ लुप्त हो गया—इस बात ने हैमलेट को चिंता में डाल दिया।

एक दिन हैमलेट अपने कक्ष में बैठा पिछले कुछ महीनों में घटित घटनाओं के बारे में सोच रहा था, तभी एकाएक उसके मस्तिष्क में एक विचार कौंधा—'इस विवाह के पीछे कहीं कोई षड्यंत्र तो नहीं है?' उसने पुनः सभी कड़ियों को जोड़ा और सिलसिलेवार सोचने लगा—'सबसे पहले जहरीले सर्प के काटने पर मेरे पिता की मृत्यु हुई। परंतु इसके बारे में केवल क्लेदियस को पता था। फिर कुछ दिनों बाद उन्होंने और मेरी माँ ने विवाह कर लिया। कहीं ऐसा तो नहीं कि मेरे पिता की मृत्यु के पीछे इन दोनों का हाथ हो? कहीं इन्होंने ही तो सर्प बनकर उन्हें नहीं डँस लिया? राजसिंहासन का लोभ अच्छे-अच्छों को बुरा काम करने के लिए विवश कर देता है। अवश्य इन्होंने लोभ में आकर मेरे पिता को मरवा दिया और अब वे इस राज्य को हथिया लेना चाहते हैं।'

हैमलेट जितना सोचता उतना ही विचारों की गुत्थियों में उलझता जाता। अधिक सोचने के कारण दिन-दिन उसका स्वास्थ्य गिरने लगा। शरीर सूखकर काँटे की तरह हो गया, चेहरा पीला पड़ गया, आँखें अंदर की ओर धँस गईं।

लोग उसकी हँसी सुनने को तरस गए। उसके स्थान पर अब वह अत्यंत गंभीर और खोया-खोया-सा दिखाई देता था।

एक दिन वह महल के शाही बाग में टहल रहा था कि तभी एक पहरेदार आया और डरते-डरते बोला—"राजकुमार, कुछ दिनों से मैं महाराज को महल में देख रहा हूँ। अवश्य वह उनकी आत्मा है, जो तीन दिन से दिखाई दे रही है। यद्यपि उन्होंने किसी को कुछ नहीं कहा, परंतु उनकी चाल-ढाल से लगता है कि वे किसी को ढूँढ़ रहे हैं।"

यह बात हैमलेट के लिए किसी आश्चर्य से कम नहीं थी। उसके पिता की आत्मा अभी महल में उपस्थित है, यह जानकर जहाँ उसे प्रसन्नता हुई, वहीं वह सोच में पड़ गया। धीरे-धीरे उसे विश्वास हो गया कि हो-न-हो, महाराज उसे ही ढूँढ़ रहे हैं। अवश्य वे उससे कुछ कहना चाहते हैं। अंतत: राजकुमार ने पिता से मिलने का निश्चय कर लिया।

उसी रात वह पहरेदारों के साथ उस स्थान पर जा बैठा, जहाँ उसके पिता की आत्मा को भटकते हुए देखा गया था। उसने इस बारे में किसी को कुछ नहीं बताया।

आधी रात का समय था; राजकुमार की आँखों से नींद कोसों दूर थी। तभी एक पहरेदार पास आकर धीरे से बोला, "वह देखिए, राजकुमार! चबूतरे पर महाराज की आत्मा।"

राजकुमार ने जल्दी से चबूतरे की ओर देखा। राजसी पोशाक पहने एक छाया धीरे-धीरे चलती हुई उसकी ओर आ रही थी। चाल-ढाल और वस्त्रों से राजकुमार पहचान गया कि यह उसके पिता ही हैं। उन्होंने वही पोशाक पहन रखी थी, जो मृत्यु के समय उनके शरीर पर थी। चाँद की रोशनी में वे उसे स्पष्ट नजर आ रहे थे।

वह 'पिताजी' कहकर तेजी से उनकी ओर लपका। पहरेदारों ने उसे रोकने की बहुत कोशिश की, लेकिन वह स्वयं को छुड़वाकर उस ओर बढ़ गया। जब दोनों के बीच कुछ कदमों की दूरी रह गई, तब उस छाया ने उसे एक एकांत कोने की ओर चलने का संकेत किया।

एक पल के लिए हैमलेट का चेहरा पसीने से भीग उठा। वह सोचने लगा—'कहीं वह कोई और प्रेतात्मा तो नहीं, जो उसके पिता के वेश में वहाँ घूम रही है? कहीं वह उसका अहित न कर दे।' वह जहाँ-का-तहाँ रुक गया। तभी उसकी अंतरात्मा बोली, 'राजकुमार, व्यर्थ का संदेह मत करो। इनसे भयभीत होने की कोई आवश्यकता नहीं है। ये तुम्हारे पिता हैं।'

राजकुमार के मन का भय समाप्त हो गया और वह छाया के साथ एक कोने में पहुँचा। छाया ने नजरें उठाकर इधर-उधर देखा। दूर-दूर तक कोई नहीं था, जो उनकी बातें सुन सके। आश्वस्त हो जाने के बाद छाया के मुख से पहला शब्दा निकला—''कुमार! मेरे बेटे!''

एक लंबे अरसे के बाद अपने पिता की स्नेहयुक्त आवाज सुनकर राजकुमार की आँखों में आँसू उमड़ आए, उसका गला रुँध गया। दिल चाहा कि वह दौड़कर पिता से लिपट जाए, उनसे लाड़ करे। परंतु उन्होंने उसे रोक दिया। तब राजकुमार स्वयं को संयत करते हुए बोला, ''पिताजी, अभी तक आप इस प्रकार भटक क्यों रहे हैं? कौन सी बात आपकी मुक्ति में बाधा बन रही है? क्यों आपकी आत्मा बेचैन है? मुझे सबकुछ स्पष्ट रूप से बताइए।''

छाया धीरे से बोली, ''पुत्र, इन सबका एक ही कारण है, और वह कारण है मेरी रहस्यमयी हत्या।''

''हत्या! यह क्या कह रहे हैं आप, पिताजी? चाचाजी ने तो कहा था कि आपकी मृत्यु सर्प के काटने से हुई थी।'' राजकुमार ने आश्चर्य में भरकर पूछा।

''कुमार, मेरी मृत्यु सर्प के काटने से नहीं हुई; मेरी हत्या हुई है। तुम्हें यही बात बताने के लिए अब तक मेरी आत्मा भटक रही थी। आज इस रहस्य से परदा उठाकर मेरी आत्मा को शांति मिलेगी।'' छाया शांत स्वर में बोली।

''परंतु आपकी हत्या कौन कर सकता है? किसने यह नीच काम किया है? आप मुझे बताइए, उस दुष्ट को मैं स्वयं अपने हाथों से दंडित करूँगा।'' राजकुमार उत्तेजित होते हुए बोला।

''शांत हो जाओ, कुमार! यह कार्य आवेश में आकर करने का नहीं है। तुम मन को शांत करके धैर्यपूर्वक मेरी बात सुनो।''

राजकुमार कुछ देर तक आँखें बंद करके स्वयं को शांत करता रहा। फिर उसने पिता से सारी बात बताने के लिए कहा।

तब छाया सत्य से परदा हटाते हुए बोली, ''कुमार, मेरी हत्या करने वाला कोई और नहीं, मेरा अपना ही भाई है। हाँ, मेरी हत्या क्लेदियस ने की है। जिस दिन मेरी मृत्यु हुई, उस दिन मैं सभी दैनिक कार्य निबटाकर शाही बाग में विश्राम कर रहा था। ठंडी हवाओं के कारण मुझे नींद आ गई। उस समय कोई भी मेरे आस-पास नहीं था। अवसर उचित जानकर क्लेदियस वहाँ आया और मेरे कान में विषैले द्रव्य की दो बूँदें डाल दीं। उस द्रव्य के प्रभाव से मेरी नसें जल उठीं और मेरा दिल जोर-जोर से धड़कने के बाद शांत हो गया। इस तरह उसने सबकुछ छीनकर भटकने के लिए मुझे इस लोक में धकेल दिया। कुमार, यदि

मुझसे प्यार है तो प्रतिज्ञा करो, तुम क्लेदियस से मेरी मृत्यु का प्रतिशोध अवश्य लोगे। तभी मेरी आत्मा को शांति और मुक्ति मिलेगी। अन्यथा मैं युगों-युगों तक इसी प्रकार भटकता रहूँगा।''

राजकुमार को पहले से क्लेदियस पर शक था। पिता की बात ने उसके शक को यकीन में बदल दिया था। वह प्रतिज्ञा करते हुए बोला, ''पिताजी, क्लेदियस ने आपको मुझसे छीना है। मैं उससे आपकी हत्या का प्रतिशोध लेकर रहूँगा। जब तक मैं प्रतिशोध नहीं लूँगा, तब तक चैन से नहीं बैठूँगा।''

''लेकिन एक बात का ध्यान रखना, कुमार! तुम अपनी माता को क्षमा कर देना। उसने जाने-अनजाने जो पाप किया है, उसका फल उसे स्वयं ईश्वर प्रदान करेंगे।''

इसके बाद छाया वहाँ से अदृश्य हो गई। हैमलेट ने बेचैन होकर पिता को पुकारा, परंतु कोई प्रत्युत्तर नहीं मिला। अंततः वह सिर झुकाए कक्ष में लौट आया।

हैमलेट ने जो प्रतिज्ञा की थी, वह उसे जल्दी-से-जल्दी पूरा कर लेना चाहता था, जिससे उसके पिता की आत्मा को शांति मिल सके। लेकिन ऐसे कार्य में जल्दबाजी उसकी असफलता का कारण भी बन सकती थी। इसलिए उसने योजनाबद्ध तरीके से इस कार्य को पूरा करने का निश्चय किया।

हैमलेट अत्यंत सरल और सीधे स्वभाव का था। किसी की हत्या का षड्यंत्र रचना तो दूर, वह किसी को बुरा-भला भी नहीं कह सकता था। इसके अतिरिक्त क्लेदियस के गुप्तचरों की भी उस पर कड़ी नजर थी। हैमलेट सतर्क था, इसलिए गुप्तचरों की निगरानी की बात जानता था। उसे सबसे पहले इस निगरानी से छुटकारा पाना था, तभी वह कोई योजना बना सकता था। अतः उसने एक चाल चली और पागलों की तरह व्यवहार करने लगा। उसने ऐसा अभिनय किया कि उसकी चाल-ढाल, व्यवहार और हरकतों को देखकर सभी को उसके पागल होने का विश्वास हो गया।

क्लेदियस को उससे कोई खतरा नहीं रहा। उसे चुनौती देनेवाला पागल हो चुका है, इस विचार ने उसे राजकुमार की ओर से लापरवाह बना दिया। इसी के चलते उसने गुप्तचरों को भी निगरानी से हटा दिया।

दरबार में एक वजीर था, जिसकी ओफीलिया नाम की एक पुत्री थी। राजकुमार उसे बहुत प्रेम करता था, परंतु ओफीलिया उससे दूर-दूर रहती थी। सभी ने सोचा कि शायद प्यार में मिली असफलता ने ही राजकुमार के होशो-हवास छीन लिये हैं। यह बात हैमलेट के लिए मददगार सिद्ध हो सकती थी। उसने इसका लाभ उठाने का निश्चय कर उसी समय ओफीलिया के नाम

एक पत्र लिखा।

पत्र की भाषा बहुत ही उलझी हुई और अटपटी-सी थी। किसी के लिए भी उसे समझना बहुत मुश्किल था। फिर भी उसका सार केवल इतना था कि वह ओफीलिया से बहुत प्रेम करता था और उसी के कारण उसका यह हाल हुआ है। ओफीलिया ने यह पत्र पिता को और उसने क्लेदियस को दिखाया। उसका रहा-सहा संदेह भी जाता रहा। उसने राजकुमार को पूरी तरह से स्वतंत्र कर दिया। अब वह कहीं भी बेरोट-टोक आ-जा सकता था।

हैमलेट ने जैसा सोचा था, उसमें वह पूरी तरह से सफल रहा। अब उसने योजना बनाकर क्लेदियस के विरुद्ध षड्यंत्र रचना आरंभ कर दिया।

उन्हीं दिनों नगर में एक नाटक मंडली आई हुई थी। वह प्रतिदिन जिस नाटक का मंचन करती थी, उसमें एक राजा की हत्या के षड्यंत्र के बारे में दिखाया जाता था। वह दृश्य इतना स्वाभाविक और वास्तविकता के पास प्रतीत होता था कि दर्शकों की आँखें भर आतीं, उनका मन दुःखी हो जाता। यह नाटक बड़ा लोकप्रिय हुआ। राजकुमार हैमलेट ने भी एक बार वह नाटक देखा था। उसे देखकर उसे अपने पिता की मृत्यु का दृश्य याद आ गया।

तभी उसे एक विचार सूझा। उसने सोचा—'नाटक मंडली के साथ मिलकर राजा की मृत्यु के दृश्य में फेर-बदल कर दिया जाए और उसे देखने के लिए क्लेदियस को आमंत्रित किया जाए। यदि अपने पाप को लेकर उसके मन में जरा भी पश्चात्ताप हुआ तो उसके हाव-भाव ही उसके गुनाह को प्रकट कर देंगे।'

यह सोचकर उसने नाटक मंडली के सदस्यों को महल में आमंत्रित किया और उनके समक्ष एक प्रस्ताव रखते हुए बोला, "मैंने एक नाटक लिखा है। मेरी इच्छा है कि आपकी मंडली के अनुभवी कलाकार उसमें मंचन करें। इसके लिए आपको उचित पारिश्रमिक भी दिया जाएगा।"

"राजकुमार, आपके लिखे नाटक में काम करके हम स्वयं को धन्य समझेंगे। लेकिन क्या हम नाटक की कथा संक्षेप में सुन सकते हैं? इससे हमें नाटक को समझने में आसानी रहेगी।" नाटक मंडली के प्रमुख ने प्रसन्न होकर कहा।

राजकुमार नाटक की कथा सुनाते हुए बोला, "यह नाटक गुंजाक नामक राजा की कहानी है। गुंजाक विएना नगरी का राजा था। वह अपनी रानी बेपतिस्ता को बहुत प्रेम करता था। रानी भी उसे दिलोजान से चाहती थी। राजा का लोशियन नामक एक चचेरा भाई था। एक दिन गुंजान शाही बाग में सो रहा था।

उस समय लोशियन ने उसके कान में विषैले द्रव्य की कुछ बूँदें डाल दीं। इसके फलस्वरूप राजा की जान चली गई। फिर लोशियन ने बेपतिस्ता से विवाह कर लिया और उस नगरी का राजा बन बैठा।''

हैमलेट की यह कहानी क्लेदियस के पापकर्म पर आधारित थी। बस बदले थे तो केवल पात्रों के नाम। नाटक मंडली को कहानी अच्छी लगी और उन्होंने उसमें काम करना स्वीकार कर लिया।

निश्चित समय पर नाटक का मंचन हुआ। उसे देखने के लिए क्लेदियस और रानी को विशेष रूप से आमंत्रित किया गया। नाटक के आरंभ में रानी बेपतिस्ता पति के सामने अपने प्यार की कसमें खा रही थी। यह दृश्य देखकर रानी के चेहरे का रंग उड़ गया। वह पसीने से तर-बतर हो गई।

अगले दृश्य में राजा को एक बाग में विश्राम करते दिखाया गया। दूसरी ओर से लोशियन विषैले द्रव्य की शीशी लेकर बाग में दाखिल हुआ। उसने सोते हुए राजा के कान में विष की कुछ बूँदें डाल दीं। अब चौंकने की बारी क्लेदियस की थी; उसका दिल जोर-जोर से धड़कने लगा। जिस पाप को वह छिपा हुआ रहस्य समझ रहा था, सामने मंच पर उसका खुले तौर पर मंचन हो रहा था। उसकी साँसें थमने लगीं, दिल सीना फाड़कर बाहर आने के लिए बेताब हो उठा। वहाँ और अधिक देर तक बैठना उसके लिए असंभव हो गया। अत: तबीयत खराब होने का बहाना बनाकर वह रानी सहित वहाँ से चला गया।

इस नाटक के मंचन के पीछे हैमलेट का जो उद्देश्य था, वह पूरा हो चुका था। वह एक कोने में बैठा सब देख रहा था। उसके पास ही उसका एक विश्वसनीय मित्र बैठा था। दोनों ने क्लेदियस और रानी के चेहरों के उड़ते हुए रंग को देखा था। बार-बार घबराकर एक-दूसरे को देखना और माथे से पसीना पोंछना भी उनसे छिपा नहीं था। जब वे दोनों नाटक छोड़कर जा रहे थे, तब हैमलेट ने मित्र से कहा, ''मित्र, क्लेदियस की बेचैनी उसके अंदर के चोर को उजागर कर रही है। इसमें कोई शक नहीं रहा कि उसने ही मेरे पिता की हत्या की है।''

''मैं तुम्हारी बात से पूरी तरह सहमत हूँ। यही तुम्हारे पिता का हत्यारा है।'' वह मित्र आवेश में भरकर बोला।

''शांत हो जाओ, मित्र! दीवारों के भी कान होते हैं। यह स्थान इस प्रकार की बातों को करने का नहीं है। हम इस विषय में बाद में बात करेंगे।'' हैमलेट ने तेजी से मित्र को चुप करवा दिया।

नाटक समाप्त हुआ और सभी उसकी प्रशंसा करते हुए वहाँ से चले गए।

उसी रात रानी ने एक आवश्यक काम का बहाना करके हैमलेट को अपने कमरे में बुलाया।

हैमलेट को पता था कि नाटक देखने के बाद क्लेदियस और भी सतर्क हो जाएगा तथा अपनी चालें चलना शुरू कर देगा। इसलिए जब उसकी माँ ने उसे अपने कक्ष में बुलाया तो वह समझ गया कि निर्णायक समय पास आ पहुँचा है। उसे अपनी माँ से घृणा होने लगी, क्योंकि वह भी हत्यारे का साथ दे रही थी। लेकिन उसे अपने पिता के शब्द याद थे। इसलिए उसने निश्चय किया कि चाहे कुछ भी हो जाए, वह अपनी माँ का कोई अहित नहीं करेगा।

किसी प्रकार स्वयं को नियंत्रित करके हैमलेट रानी के कक्ष में प्रविष्ट हुआ। उस समय रानी खिड़की के पास खड़ी बाहर की ओर देख रही थी। कदमों की आहट पाकर वह मुड़ी और उसे संबोधित करते हुए बोली, "आओ कुमार, बैठो।"

"आपको जो कहना हो, ऐसे ही कह दें।" हैमलेट ने रूखे स्वर में कहा।

"तो सुनो, कुमार! तुम जो कुछ कर रहे हो, वह ठीक नहीं है। अपने पिता के विरुद्ध ऐसा कार्य करते तुम्हें लज्जा नहीं आती। क्यों कर रहे हो ऐसा?" इस बार रानी का स्वर थोड़ा कठोर हो गया था।

हैमलेट समझ गया कि रानी का संकेत क्लेदियस की ओर है। उसका मुँह कड़वाहट से भर उठा और वह तीखे स्वर में बोला, "आप किस पिता की बात कर रही हैं? वह जो वास्तव में मेरे पिता थे या फिर उसकी, जो मेरा पिता बनने की कोशिश कर रहा है?"

रानी उसके पास आकर बोली, "मैं महाराज क्लेदियस की बात कर रही हूँ। अब वे ही तुम्हारे पिता हैं।"

क्लेदियस के लिए 'पिता' शब्द सुनकर राजकुमार का चेहरा गुस्से से तमतमा उठा। वह मुँह से आग उगलते हुए बोला, "क्लेदियस मेरा पिता कभी नहीं हो सकता। वह मेरे स्वर्गीय पिता का हत्यारा है। उस आस्तीन के साँप को पिता कहने से पहले मेरी जिह्वा जल जाएगी। मेरी तलवार उसका रक्त पीने के लिए तरस रही है। जब तक उस पापी को मैं मौत के घाट नहीं उतारूँगा, तब तक मुझे चैन नहीं मिलेगा।"

राजकुमार का ऐसा रौद्र रूप देखकर रानी भय से थर-थर काँपने लगी। उसे लगा, मानो स्वयं महाराज उसके सामने आकर खड़े हो गए हों। वह कुछ कदम पीछे हटी और तेजी से कक्ष से बाहर जाने के लिए मुड़ी।

लेकिन राजकुमार ने आगे बढ़कर उसका मार्ग रोक लिया और कठोर स्वर

में बोला, ''रानी माँ! जाने से पहले आपको मेरे एक प्रश्न का उत्तर देना होगा, अन्यथा मैं आपको यहाँ से बाहर नहीं जाने दूँगा।''

''मैं तेरी माँ हूँ। मुझसे ऐसे बात करते हुए तुझे शर्म नहीं आती! मैं यहाँ से जा रही हूँ। देखती हूँ, तू क्या करता है?'' यह कहकर जैसे ही रानी ने आगे कदम बढ़ाया, वैसे ही राजकुमार ने उसका हाथ पकड़ लिया। रानी ने हाथ छुड़ाने की बहुत कोशिश की, लेकिन असफल रही।

राजकुमार का गुस्से से भरा चेहरा देखकर वह पहले ही भयभीत थी। हाथ पकड़ने की घटना से उसका रहा-सहा साहस भी जवाब दे गया। वह सहायता के लिए चिल्लाने लगी। तभी बरामदे में लगे परदे के पीछे से भी 'बचाओ, बचाओ' की आवाजें आने लगीं। यह आवाज किसी पुरुष की थी।

क्लेदियस परदे के पीछे खड़ा होकर उनकी सारी बातें सुन रहा था। लेकिन रानी को खतरे में पड़ा देखकर वह सहायता के लिए सैनिकों को पुकार रहा है। यह सोचकर हैमलेट ने तलवार निकाल ली और रानी को छोड़कर परदे के पास पहुँच गया। फिर उसने बिना परदा हटाए तलवार से उस पर वार कर दिया।

कक्ष में एक चीख गूँजी और फिर धड़ाम से किसी के गिरने की आवाज के साथ सबकुछ शांत हो गया।

'परदे के पीछे छिपा आदमी मारा जा चुका है।' यह सोचकर राजकुमार निश्चिंत हो गया था। वह उस व्यक्ति को देखना चाहता था। उसने आगे बढ़कर परदा एक ओर सरका दिया। जमीन पर ओफीलिया के पिता की लाश पड़ी थी। वह क्लेदियस का विश्वासपात्र था और उसी के कहने पर वहाँ छिपकर उनकी बातें सुन रहा था।

राजकुमार के मुँह से अफसोस भरी आह निकली, ''अनजाने में मैंने इनकी हत्या कर दी। इसके लिए ओफीलिया मुझे कभी माफ नहीं करेगी।''

इसके बाद हैमलेट रानी की ओर मुड़ा। उसके हाथ में खून सनी तलवार देखकर रानी की साँसें उखड़ने लगीं। हालत ऐसी हो गई मानो उसके प्राण निकलने वाले हों। हैमलेट ने तलवार नीचे कर ली और रानी के कंधों पर हाथ रखकर स्नेह भरे स्वर में बोला, ''माँ, तुम्हें मुझसे डरने की कोई आवश्यकता नहीं है। मैं तुम्हारा पुत्र हूँ; मैंने तुम्हारे अंश से जन्म लिया है। आज भी मैं तुम्हारा उतना ही सम्मान करता हूँ जितना पहले करता था। परंतु माँ, यह सच है कि क्लेदियस ने महाराज की हत्या की है। उसके हाथ महाराज के खून से रँगे हुए हैं। उसने सिंहासन पर अधिकार करने के लिए ही आपसे विवाह किया है। उस

जैसे पापी और नीच का साथ देकर आप अपने वंश को कलंकित कर रही हैं।''

राजकुमार की बातें सुनकर रानी की नजरें शर्म से झुक गईं। उसके पास कहने को कुछ भी नहीं बचा था।

हैमलेट ने माता का चेहरा ऊपर उठाया और दीवार पर टँगी महाराज की तसवीर की ओर संकेत करते हुए बोला, ''देखो माँ, पिताजी हमारी ओर कितनी उम्मीद भरी निगाहों से देख रहे हैं। वे अपने हत्यारे से प्रतिशोध चाहते हैं। वे चाहते हैं कि हम एक साथ क्लेदियस को उसके किए की सजा दें। इस काम में आप मेरी सहायता करेंगी?''

हैमलेट के मुँह से यह स्नेहपूर्ण शब्द सुनकर रानी की आँखों में आँसू भर आए। उसके मन में ममता का सागर हिलोरें लेने लगा। उसने पुत्र को गले से लगा लिया।

हैमलेट उसे सांत्वना देते हुए बोला, ''तुम चिंता मत करो, माँ! मैं क्लेदियस को उसके किए की सजा अवश्य दूँगा। मुझे सिर्फ आपके आशीर्वाद की जरूरत है, जिससे मैं···''

तभी कमरे में एक स्वर गूँज उठा, जिसने राजकुमार की बात को पूरा कर दिया, ''अपने पिता की हत्या का बदला ले सकूँ।''

राजकुमार ने चौंककर स्वर की दिशा की ओर देखा। वहाँ उसके पिता की आत्मा खड़ी हुई थी। वह खुशी से चीख पड़ा, ''पिताजी, आप आ गए, पिताजी!''

महाराज की आत्मा शांत स्वर में बोली, ''पुत्र, मैं तुम्हें यहाँ तुम्हारे कर्तव्य की याद दिलाने आया हूँ। तुम्हें अपनी प्रतिज्ञा याद है न, कुमार? तुम्हें क्लेदियस से मेरी हत्या का बदला लेना है।''

''पिताजी, मैं यह बात कभी नहीं भूल सकता। अपनी प्रतिज्ञा पूरी करने के लिए मैं अपने प्राणों की आहुति देने से भी पीछे नहीं हटूँगा। उसे अपने पाप का फल अवश्य भुगतना होगा।'' राजकुमार उत्तेजित होकर बोला।

''पुत्र! याद रखना, जब तक क्लेदियस जीवित है तब तक मेरी आत्मा को शांति नहीं मिलेगी। मैं इसी तरह यहाँ-वहाँ भटकता रहूँगा। उससे प्रतिशोध ही मेरी मुक्ति का एकमात्र उपाय है।'' यह कहकर राजा की आत्मा अदृश्य हो गई।

रानी आश्चर्यचकित होकर कभी राजकुमार को देख रही थी तो कभी उस स्थान की ओर जिस ओर राजकुमार मुँह करके बोल रहा था। न तो उसे वहाँ कोई दिखाई दिया, न ही उसने किसी की आवाज सुनी। परंतु उसे अपने चारों

ओर सर्द-सी एक लहर अवश्य महसूस हो रही थी। उसी के कारण वह थर-थर काँप रही थी।

हैमलेट जानता था कि रानी महाराज की आत्मा की उपस्थिति से पूरी तरह अनजान है। इसलिए उसने भी इस विषय में उसे कुछ नहीं बताया। वह केवल इतना ही बोला, "माँ, आप क्लेदियस से सावधान रहना। जो पापी एक हत्या कर सकता है, उसे दूसरी हत्या करने से कोई डर नहीं लगेगा। अगर उसे पता चल गया कि आप मेरा साथ दे रही हैं तो वह आपको भी जीवित नहीं छोड़ेगा। इसलिए जो कुछ भी करना, सोच-समझकर करना।" यह कहकर वह कक्ष से बाहर चला गया।

उधर, क्लेदियस को गुप्तचरों द्वारा माता-पुत्र के इस मिलन की खबर मिल गई थी। उसने निश्चय कर लिया कि वह कल ही राजकुमार को विदेश भेज देगा।

दूसरे दिन प्रातःकाल उसने हैमलेट को बुलाया और कठोर स्वर में बोला, "कुमार, कल रात तुमने सबसे वरिष्ठ और वफादार वजीर की हत्या करके हमारे लिए संकट पैदा कर दिया है। इस घटना से प्रजाजन में क्रोध और असंतोष की लहर उठ रही है। इसलिए उचित यही है कि तुम कुछ दिनों के लिए यहाँ से कहीं दूर चले जाओ। मैंने इसका सारा इंतजाम भी कर दिया है। जब यहाँ सबकुछ शांत हो जाएगा, तब तुम वापस लौट आना।"

इसके बाद उसने दो विश्वसनीय अधिकारियों के साथ राजकुमार को जबरदस्ती जहाज पर चढ़ाकर विदेश भेज दिया। अफसरों को विशेष हिदायत दी गई थी कि मार्ग में अवसर देखकर उसे मौत के घाट उतार दिया जाए। राजकुमार उसके इरादों को भली-भाँति समझ रहा था, लेकिन वह विवश था।

परंतु 'जाको राखे साइयाँ, मार सके न कोय।' मार्ग में समुद्री डाकुओं ने जहाज पर आक्रमण कर दिया। दोनों पक्षों में भयंकर युद्ध हुआ, जिसमें दोनों अधिकारी मारे गए। परंतु डाकुओं का सरदार हैमलेट को पहले से पहचानता था। अतः उसने उसे ससम्मान वापस डेनमार्क भेज दिया।

डेनमार्क पहुँचते ही राजकुमार को एक बुरी खबर मिली। पिता की मृत्यु से ओफीलिया को गहरा सदमा पहुँचा था। इस सदमे को सहन न कर सकने के कारण उसने आत्महत्या कर ली। उस समय उसका अंतिम संस्कार किया जा रहा था। इस खबर ने हैमलेट को बुरी तरह से हिलाकर रख दिया। वह विक्षिप्त की तरह तेजी से उस ओर भागा, जहाँ ओफीलिया का शव रखा हुआ था। उसका भाई उसे दफनाने की तैयारी कर रहा था।

उस समय क्लेदियस, रानी तथा अन्य दरबारीगण उसकी अंतिम क्रिया में उपस्थित थे। हैमलेट तेजी से भीड़ को चीरता हुआ आया और ओफीलिया के शव से लिपटकर ज़ोर-जोर से रोने लगा। उसका भाई एक पल के भौचक्का रह गया। फिर उसे याद आया कि इसी ने उसके पिता की हत्या की थी और इसी के कारण आज उसकी बहन उसे छोड़कर चली गई। उसने हैमलेट को पकड़ लिया और लात-घूँसों से उसकी पिटाई करने लगा।

हैमलेट को पिटते देख क्लेदियस मन-ही-मन बहुत खुश हो रहा था। वह चाहता था कि आज उसके रास्ते से हैमलेट नाम का काँटा हमेशा के लिए निकल जाए। परंतु तभी कुछ दरबारियों ने आगे बढ़कर दोनों को अलग-अलग कर दिया। ओफीलिया का भाई क्लेदियस को संबोधित करते हुए बोला, ''महाराज, इसी ने मेरे पिता की हत्या की है। इसी के कारण मेरी बहन ने आत्महत्या की है। इसने मेरा घर उजाड़ दिया है। मैं इसे अपने हाथों से दंड देना चाहता हूँ।''

''तुम्हारे आरोप शत-प्रतिशत सही हैं। परंतु इसका अर्थ यह नहीं है कि इसे तुम इस प्रकार दंडित करो। मैं तुम दोनों के बीच द्वंद्व युद्ध निश्चित करता हूँ। इसमें जो विजयी होगा, उसे ही जीवित रहने का अधिकार होगा।'' क्लेदियस ने मन-ही-मन मुसकराते हुए अपना निर्णय दिया।

इस निर्णय के पीछे क्लेदियस का कुटिल दिमाग चल रहा था। वह जानता था कि ओफीलिया के भाई की तुलना में राजकुमार अभी बच्चा है। वह उसका सामना नहीं कर पाएगा। द्वंद्व युद्ध में नकली तलवारों का प्रयोग किया जाता था। लेकिन उसने ओफीलिया के भाई को असली तलवार थमा दी। उस तलवार में तेज जहर लगा हुआ था। यदि युद्ध में राजकुमार बच गया तो उसे मारने के लिए क्लेदियस ने एक और षड्यंत्र रचा था। उसने अपने पास एक शाही प्याला रखा, जिसमें शरबत के साथ-साथ विषैले द्रव्य की कुछ बूँदें भी थीं। युद्ध आरंभ होने से पूर्व उसने घोषणा की कि युद्ध में विजयी होनेवाले को वह सम्मान के रूप में शरबत का शाही प्याला पेश करेगा। उसके इस षड्यंत्र से रानी भी अनजान थी।

निर्धारित समय पर युद्ध आरंभ हुआ। उसे देखने के लिए सारा नगर रंगभूमि में उमड़ आया था। पहले तो हैमलेट ओफीलिया के भाई पर हावी रहा, लेकिन धीरे-धीरे उसने हैमलेट पर प्रहार करने आरंभ कर दिए। और फिर उसने उस पर एक प्राणघातक वार किया। हैमलेट ने खुद को बचाने का भरसक प्रयत्न किया, परंतु फिर भी तलवार ने उसके शरीर पर घाव बना डाला। जैसे ही विष

हैमलेट के शरीर में गया, उसे भयंकर जलन होने लगी। वह समझ गया कि क्लेदियस ने उसके साथ छल किया है। जहर तेजी से उसके शरीर में फैल रहा था। उसे अपनी मौत दिखाई देने लगी। परंतु मरने से पहले वह अपनी प्रतिज्ञा पूरी करना चाहता था, अतः उसने ओफीलिया के भाई से तलवार छीनकर उसी के सीने में घोंप दी।

फिर खून सनी तलवार लेकर उसने क्लेदियस की ओर देखा। उसका यह रूप देखकर रानी भयभीत हो गई। उसने घबराकर शाही प्याला उठाया और सारा शरबत पी लिया। जहर ने अपना असर दिखाया और रानी तड़पते हुए वहीं ढेर हो गई।

माँ को तड़प-तड़पकर प्राण त्यागते देख हैमलेट को पिता की मृत्यु याद आ गई। इस पापी ने उसे इसी प्रकार तड़पा-तड़पाकर मारा था। वह तेजी से क्लेदियस की ओर लपका। जहर के असर के कारण उसके पैर बुरी तरह लड़खड़ा रहे थे। लेकिन गिरने से पहले वह किसी भी तरह क्लेदियस तक पहुँच जाना चाहता था। उसने सारी शक्ति एकत्रित की और सिंहासन के सामने जा पहुँचा। क्लेदियस ने भागने की कोशिश की, परंतु तब तक बहुत देर हो चुकी थी। हैमलेट ने उसके सीने में तलवार घोंप दी। क्लेदियस भयंकर चीत्कार करते हुए जमीन पर गिर पड़ा और कुछ ही देर में उसने प्राण त्याग दिए।

हैमलेट के चेहरे पर संतोष और प्रसन्नता के भाव उतर आए। आखिरकार उसने अपने पिता की मृत्यु का प्रतिशोध ले लिया था। अब वह शांतिपूर्वक मर सकता था। उसे विश्वास था कि क्लेदियस की मृत्यु के साथ ही उसके पिता की आत्मा मुक्त हो गई होगी। फिर उसने भी अपने प्राण त्याग दिए।

❑

राजा : तिमन

जैसे कुछ लोग अपनी कंजूसी के लिए प्रसिद्ध होते हैं, उसी प्रकार कुछ लोगों को फिजूलखर्ची में महारत हासिल होती है। ऐसे लोगों में एथेंस नगर के राजा तिमन का नाम भी सम्मिलित था। उसकी गिनती ऐसे उदार लोगों में होती थी जो धन को पानी की तरह बहाया करते थे। एक अशर्फी के स्थान पर वह सौ अशर्फियाँ और सौ अशर्फियों के स्थान पर हजार अशर्फियाँ लुटाता था। इससे भी उसे संतोष नहीं था। वह अकसर सोचा करता कि ईश्वर ने उसे दो हाथ क्यों दिए? उसके हजार हाथ होने चाहिए थे। वह इतना धन लुटाता था कि लेनेवाले थक जाते थे, लेकिन उसका हाथ नहीं रुकता था। जहाँ शहद होता है, वहाँ मधुमक्खियाँ आ ही जाती हैं। कुछ ऐसा ही तिमन के साथ हुआ। उसकी दरियादिली देखकर उसके आस-पास चापलूसों की भीड़ लग गई। ये लोग उसकी चापलूसी कर अपना उल्लू सीधा करते रहते थे।

राज्य में अनेक लोग ऐसे भी थे, जो वर्षों से निर्धनता का जीवन जी रहे थे। लेकिन तिमन की चापलूसी करके कुछ ही दिनों में उनकी गिनती धमवानों में होने लगी थी। जो व्यक्ति फिजूलखर्ची में विश्वास करते थे, तिमन उन्हें बहुत पसंद करता। उसका दरबार भी फिजूलखर्च करनेवाले लोगों से भरा पड़ा था। जो जितना अधिक फिजूलखर्च था, तिमन उसे उतना ही उदार समझता था। वह कितना मूर्ख और अक्ल का अंधा था, इसका पता इस बात से ही चलता है कि उसका प्रधानमंत्री एक ऐसा व्यक्ति था जिस पर अनेक लोगों का कर्ज चढ़ा हुआ था। वह निन्यानबे नाइयों से मुफ्त में हजामत बनवा चुका था।

उपप्रधानमंत्री की चापलूसी की भी कई बातें प्रसिद्ध थीं। कहते हैं, उसने पहली बार दरबार में आकर तिमन को सलाम किया और उसे एक छंद सुनाया। इसमें उसने तिमन की दयालुता, दानवीरता और दरियादिली की भरपूर प्रशंसा की थी। इस चापलूसी भरे छंद को सुनकर तिमन वाह-वाह कर उठा। उसने आगे बढ़कर उसका हाथ पकड़ा और उसे उपप्रधानमंत्री की कुरसी पर आसीन कर दिया।

तिमन के दरबार में ऐसी घटनाएँ प्रतिदिन घटती रहती थीं। जरा सी चापलूसी के बदले कई भिक्षुकों को उसने अपना दरबारी बना लिया था।

एक बार की बात है। तिमन दरबार में बैठा था कि तभी वहाँ एक युवक आया और फरियाद करते हुए बोला, "महाराज की जय हो! महाराज, मेरा नाम कड़का है। मैं एक सेठ की बेटी से प्रेम करता हूँ और उससे विवाह करना चाहता हूँ। उसकी शर्त है कि वह अपनी बेटी का विवाह उसके साथ करेगा जो उससे अधिक धनवान् होगा, जिसके पास सुख के सभी साधन होंगे। किंतु महाराज, मेरी आर्थिक स्थिति इतनी दयनीय है कि शर्त पूरी करने की बात तो दूर, मैं अपना भरण-पोषण भी ठीक से नहीं कर सकता। अब आप ही मेरी सहायता कीजिए। मैं बड़ी उम्मीद लेकर आपके पास आया हूँ।"

तिमन प्रसन्न होकर बोला, "वाह नौजवान, क्या दिल पाया है तुमने! तुम्हारे साहस की मैं दिल से प्रशंसा करता हूँ। तुम्हारे लिए मैं अपना सारा खजाना और राज्य लुटाने को तैयार हूँ। जाओ, तुम्हें जितना धन चाहिए, खजांची से ले लो और धूमधाम से विवाह करो। तुम्हारे विवाह में किसी प्रकार की कोई अड़चन नहीं आएगी। विवाह के बाद तुम मेरे पास अवश्य आना। मुझे तुम जैसे साहसी और उदार लोगों की बहुत आवश्यकता है।"

आज्ञा पाते ही युवक उसी समय खजांची के पास गया और भरपूर धन लेकर चला गया।

यह अकेली ऐसी घटना नहीं थी। ऐसे हथकंडे अपनाकर न जाने अब तक कितने फकीर और निर्धन मालामाल हो चुके थे। स्थिति यह थी कि खजाना दिन-प्रतिदिन तेजी से खाली होता जा रहा था।

एक बार दूसरे देश का एक व्यापारी दरबार में उपस्थित हुआ। उसने तिमन को एक घोड़ा भेंट किया। चूँकि तिमन राजा था, इसलिए वह भी उस व्यापारी को उपहारस्वरूप कुछ देना चाहता था। उसने खजांची को पचास हजार रुपए लाने की आज्ञा दी।

खजांची हाथ जोड़कर बोला, "महाराज, निरंतर लोगों को दान देने के कारण राजकोष पूरी तरह से खाली हो चुका है। पचास हजार तो क्या, इन्हें देने के लिए इस समय उसमें एक रुपया भी नहीं है।"

"क्या बकते हो? राजकोष खाली कैसे हो गया? इस व्यापारी को भेंट में अब हम क्या देंगे?" तिमन ने चौंकते हुए कहा।

वह कुछ देर तक माथे पर हाथ रखकर सोचता रहा। फिर उसके होंठों पर मुसकान उभर आई। वह अभिमान से भरकर बोला, "ठीक है, तुम इसी

समय शाही संपत्ति का कुछ अंश बेच दो। उससे जो धन प्राप्त हो, उसे इस व्यापारी को हमारी ओर से पुरस्कारस्वरूप प्रदान किया जाए।''

खजांची हाथ जोड़कर नम्रतापूर्वक बोला, ''क्षमा करें, महाराज! शाही संपत्ति का अधिकांश भाग पहले ही जरूरतमंदों और याचकों में दानस्वरूप बाँटा जा चुका है। अब शाही संपत्ति का इतना भी टुकड़ा नहीं बचा कि उसे बेचकर व्यापारी को पचास रुपए भी दिए जा सकें।''

''नहीं! क्या शाही संपत्ति का इतना भाग बेचा जा चुका है?'' तिमन पुनः चौंकते हुए बोला।

तिमन धर्मसंकट में फँस गया। वह व्यापारी को पचास हजार रुपए देने की घोषणा कर चुका था। इसलिए बहुत सोच-विचार के बाद उसने खजांची से कहा, ''जाओ, नगर के किसी भी धनी से पचास हजार रुपए का ऋण लेकर इस व्यापारी को मेरी ओर से दे दो। मेरा नाम सुनकर कोई भी धन देने से इनकार नहीं करेगा।''

खजांची सर्वप्रथम नगर के प्रसिद्ध अमीर के पास गया। उसका नाम लूशियस था। खजांची ने उसे सारी बात बताकर ऋण देने के लिए कहा। लूशियस होंठों पर कुटिल मुसकराहट लाते हुए बोला, ''यह मेरा सौभाग्य है कि महाराज ने मुझे इस तुच्छ सेवा के लिए चुना। उनका कार्य करके मुझे अपार प्रसन्नता होती, परंतु आपने आने में देर कर दी। आज ही मैंने अपना सारा धन व्यापार में लगा दिया है। इस समय देने के लिए मेरे पास कुछ भी नहीं है। मैं उनके उपकारों के बोझ तले दबा हुआ हूँ, लेकिन चाहकर भी अनके लिए कुछ नहीं कर सकता। आप उनसे मेरी ओर से क्षमा माँग लेना और कहना कि जैसे ही मेरे पास धन आएगा, मैं उसे लेकर स्वयं उनकी सेवा में उपस्थित हो जाऊँगा।''

लूशियस ने बहाना बनाकर खजांची को विदा कर दिया।

खजांची एक दूसरे सेठ के पास गया। यह सेठ पहले बहुत निर्धन था। तिमन की चापलूसी करके आज वह नगर का धनी बना हुआ था। ऋण देने की बात सुनते ही मानो उसे साँप सूँघ गया। वह खजांची से बोला, ''मित्र, मेरे पास भला इतना धन कहाँ है? मैं आपकी कोई सहायता नहीं कर सकता। आप राजा साहब से कह देना कि मैं घर नहीं था। आपकी बड़ी कृपा होगी।''

इस प्रकार एक-एक कर खजांची नगर के सभी अमीरों के पास गया और उनसे सहायता की प्रार्थना की। लेकिन कल तक जो तिमन की जी-हुजूरी किया करते थे, आज उन्होंने उसकी ओर से मुँह फेर लिया था। अंत में थक-हारकर

खजांची दरबार में लौट आया।

"सेवक, तुम ऋण ले आए? मेरे किस प्रिय ने धन दिया है?" तिमन ने प्रश्न किया।

खजांची थके स्वर में बोला, "महाराज, सर्प केवल डस सकते हैं, उनसे मित्रता या उदारता की उम्मीद करना मूर्खता है। मैंने नगर के प्रत्येक धनी का द्वार खटखटाया, लेकिन कोई भी सहायता के लिए तैयार नहीं हुआ। सभी के पास कोई-न-कोई बहाना तैयार था। ऋण का नाम सुनते ही सभी ने मुँह मोड़ लिया।"

"क्या कह रहे हो तुम? होश में तो हो? किसी ने भी तुम्हें ऋण नहीं दिया? सबने आँखें फेर लीं?" तिमन आश्चर्य से बोला।

"जी महाराज! सब भाग्य का खेल है।" खजांची ने सिर झुकाकर उत्तर दिया।

तिमन के पैरों तले मानो जमीन खिसक गई हो। क्रोध की अधिकता से उसकी आँखों में खून उतर आया। वह हाथों में तलवार लेकर एक-एक का सिर काट डालना चाहता था। उसका दिल बार-बार चीख रहा था, 'मेरे टुकड़ों पर पलनेवाले लालची कुत्तो! क्या मेरे उपकारों का यही बदला है? क्या इसी दिन के लिए तुम मेरी चापलूसी, मेरी खुशामद किया करते थे? क्या मेरे लिए कहे जानेवाले तुम्हारे प्रशंसायुक्त शब्द मात्र धन हथियाने के साधन थे? मैंने अपना सारा धन तुम पर न्योछावर कर दिया, किंतु तुम ऐसे दगाबाज निकले कि मुझसे ही आँखें चुराने लगे। मैं तुम्हें इसकी सजा अवश्य दूँगा। तुम्हें इतनी आसानी से क्षमा नहीं करूँगा।'

यह सोचकर तिमन सिंहासन से उठा और अपने कक्ष में चला गया।

दो दिन बाद नगर में उत्सव का-सा वातावरण था। नगर के सभी धनवान् बड़े उत्साहित थे; प्रसन्नता उनके चेहरों से टपक रही थी। आखिर प्रसन्न क्यों नहीं होते, महाराज ने उन्हें दावत पर जो आमंत्रित किया था। इसकी घोषणा एक दिन पहले ही हो चुकी थी। इस आमंत्रण से चापलूसों की बाँछें खिली हुई थीं। चापलूसी करके तिमन से धन प्राप्त करने का उन्हें एक और सुनहरा अवसर मिल रहा था। वे बेसब्री से दावत के दिन की प्रतीक्षा कर रहे थे।

इस दावत में नगर के धनिकों के साथ-साथ तिमन के मित्र और पुराने दरबारी भी आमंत्रित थे। इनमें वे लोग भी सम्मिलित थे, जिन्होंने तिमन को ऋण देने से इनकार कर दिया था।

निश्चित समय पर अतिथि एक-एक कर अतिथिशाला में एकत्र होने लगे।

उन्हें उम्मीद थी कि स्वभाव के अनुसार तिमन उन्हें कीमती उपहारों से सम्मानित करेगा, रत्न-आभूषण प्रदान करेगा। जिन्होंने ऋण देने से इनकार किया था, वे सोचने लगे कि 'कल यदि हम थोड़ा धन देकर तिमन की सहायता कर देते तो आज हमें सबसे अधिक उपहार प्राप्त होते।' उन्हें इस बात का मलाल था।

कुछ परस्पर परामर्श करने लगे, "तिमन को प्रसन्न करना बहुत आसान है। उसे कीमती ईरानी कालीन अथवा एक अरबी घोड़ा उपहार में देकर दो-चार तारीफ के शब्द बोल दो। बस, इतने से ही खुश होकर वे कल की सारी बात भूल जाएँगे और हमें मालामाल कर देंगे।"

अभी बातचीत का दौर चल ही रहा था कि तभी कक्ष में तिमन ने प्रवेश किया और आसन पर आकर बैठ गया। फिर उसका संकेत पाकर नौकर हाथी दाँत की विशाल मेज पर भोजन की तश्तरियाँ और प्यालियाँ लाकर रखने लगे। व्यंजनों के सभी बरतन कपड़ों से ढके हुए थे। उपस्थित अतिथिगण कपड़ों से ढके इन बरतनों में स्वादिष्ट व्यंजनों की कल्पना कर रहे थे। मसालेदार पुलाव, कबाब, मिठाइयाँ, शराब आदि के बारे में सोच-सोचकर उनके मुँह में पानी आने लगा। उनकी भूख बढ़ने लगी।

तिमन ने भोजन आरंभ करने का संकेत किया। अतिथियों ने शीघ्रता से कपड़े हटाकर बरतनों को अपनी ओर खींचा। लेकिन भोजन की ओर देखते ही वे ठिठक गए। उनकी आँखें फटी-की-फटी रह गईं।

सोने-चाँदी के बरतनों के स्थान पर प्रत्येक अतिथि के सामने मिट्टी की दो-दो प्यालियाँ रखी हुई थीं। उनमें से एक प्याली में हड्डी और दूसरी प्याली में थोड़ा सा पानी था। सभी अचंभे से तिमन की ओर देखने लगे।

तिमन अपने आसन से उठा और चिंघाड़ते हुए बोला, "तुम सब रुक क्यों गए? भोजन क्यों नहीं करते? जब मेरे पास खिलाने के लिए स्वादिष्ट भोजन था, तब तुमने पेट भरकर खाया। लेकिन आज जब मेरे पास केवल ये हड्डियाँ और पानी हैं तो इन्हें खाने से पीछे क्यों हट रहे हो? खाओ इन्हें और अपनी भूख शांत करो।"

आज तक तिमन का यह रौद्र रूप किसी ने नहीं देखा था। वे समझ गए कि यह उनकी कृतघ्नता का असर है। उन्होंने नजरें नीची कर लीं और जहाँ अवसर मिला, उठकर भाग गए।

यह तिमन की अंतिम दावत थी।

इस घटना ने तिमन को गहरे शोक, निराशा और हताशा के गर्त में डुबो दिया। हर व्यक्ति उसे स्वार्थी नजर आने लगा। उसे सबसे घृणा हो गई। अंततः

उसने इस बनावटी और स्वार्थी दुनिया को त्यागने का निश्चय कर लिया। एथेंस में एक भी पल रुकना उसके लिए असहनीय हो गया। वह जल्दी-से-जल्दी वहाँ से दूर चला जाना चाहता था।

उसे एथेंस से इतनी घृणा हो गई थी कि नगर से बाहर निकलते ही उसने शरीर से सारे वस्त्र उतार फेंके और नगर की प्राचीरों को संबोधित करते हुए बोला, "हे प्राचीरो! इन स्वार्थी कुत्तों की रक्षा करने की अपेक्षा तुम ध्वस्त हो जाओ। इस नगर की स्त्रियाँ एवं कुँवारी लड़कियाँ पथभ्रष्ट और चरित्रहीन हो जाएँ; संतानें अपने माता-पिता की शत्रु हो जाएँ; लोग एक-दूसरे के खून के प्यासे हो जाएँ। दरबारी पदच्युत हो जाएँ। इस नगर का विनाश हो जाए। इससे अच्छा तो वह जंगल है, जहाँ रहनेवाले जानवर इन स्वार्थी भेड़ियों से अच्छे होते हैं।"

तिमन ने नगर छोड़ने का निश्चय कर लिया था, इस बात से दरबारी अनजान थे। उनमें कुछ ऐसे भी थे, जो उसके प्रति वफादार थे। एकाएक उसके महल से चले जाने से वे चिंतित हो उठे। उन्होंने कल्पना तक नहीं की थी कि स्वार्थी और धोखेबाज लोगों के दुर्व्यवहार से तिमन के दिलो-दिमाग पर गहरी ठेस लगेगी और वह सबकुछ त्यागकर चला जाएगा। वे मन-ही-मन उसके चापलूस और स्वार्थी मित्रों एवं दरबारियों को कोस रहे थे।

इन्हीं लोगों में फ्लेवियस नामक एक दरबारी भी था, जो तिमन का निकटतम और विश्वसनीय व्यक्ति था। वह बड़ा सभ्य और वफादार था। तिमन के अचानक कहीं चले जाने से वह शोकातुर हो गया और बार-बार सोचने लगा—'क्या भलाई का यही परिणाम भुगतना पड़ता है? क्या दूसरों की सहायता करना अपराध है? मेरे मालिक ने मुसीबत में फँसे लोगों की हमेशा सहायता की; आवश्यक धन और वस्तुएँ देकर उनकी जरूरतें पूरी कीं। लेकिन इसका उन्हें क्या फल मिला? आज उनकी इनसानियत और दयालुता ही उनकी शत्रु बन गई। न जाने वे कहाँ भटक रहे होंगे? किसी को भी उनकी चिंता नहीं है; सभी निश्चिंत होकर हाथ पर हाथ धरे बैठे हैं। लेकिन मैं ऐसा नहीं होने दूँगा। मैं स्वयं अपने मालिक को ढूँढ़ूँगा और आजीवन उनकी सेवा करूँगा। मैं उनका ऋण कभी नहीं चुका सकता। परंतु ऐसा करके शायद मैं अपने सेवक होने का कर्तव्य पूरा कर सकूँ।'

यह सोचकर फ्लेवियस तिमन को ढूँढ़ने निकल पड़ा।

इधर, भटकते-भटकते तिमन समुद्र के किनारे जा पहुँचा। वहाँ के शांत और सुंदर वातावरण ने उसे मोहित कर लिया। वह वहीं कुटिया बनाकर रहने

लगा। भोजन के लिए वह जंगल की जमीन खोदता और कंद-मूल खाकर पेट भर लेता था।

इसके अतिरिक्त अपने दरबारियों, मित्रों और नगर के सेठों को कोसना उसका मुख्य कार्य था। उसे सबसे घृणा हो गई थी। वह उनके विनाश के लिए लगातार भगवान् से प्रार्थना करता था। उसके जीवित रहने का एकमात्र उद्देश्य था—एथेंस का विनाश। मरने से पूर्व वह उसका विनाश देख लेना चाहता था।

एक बार भोजन की तलाश में वह जमीन खोद रहा था कि सहसा उसे स्वर्ण के कुछ टुकड़े मिले। उसे देखते ही तिमन के चेहरे पर दर्द उमड़ आया। इसी स्वर्ण के लिए उसे उसके साथियों और दरबारियों ने उसे धोखा दिया था, उसके साथ विश्वासघात किया था। इसी स्वर्ण ने लोगों के बीच उसे उपहास का पात्र बनाया था। उसका मन घृणा से भर उठा। अब उसके लिए उनका कोई मोल नहीं था। स्वार्थी मित्रों और चापलूस दरबारियों को याद रखने के लिए उसने कुछ स्वर्ण अपने पास रखा और शेष पुनः जमीन में दबा दिया।

एक दिन तिमन को ढोल-नगाड़ों की आवाज सुनाई दी। आवाज की दिशा में देखने पर उसे एक घुड़सवार सैनिक आता दिखाई दिया। उसके साथ दो सुंदर स्त्रियाँ और कुछ सैनिक थे। यह सवार उसका मित्र कैप्टन एलसिविडस था, जिसे किसी बात से नाराज होकर तिमन ने ही एथेंस से बाहर निकाल दिया था।

तिमन एक आदिवासी की तरह दिखाई दे रहा था, इसलिए एलसिविडस उसे पहचान नहीं सका। साथ ही उसने कभी कल्पना भी नहीं की थी कि तिमन उसे ऐसी स्थिति में मिल सकता है।

उसने तिमन का परिचय पूछा।

तिमन कठोर स्वर में बोला, "मैं भी तुम्हारी तरह एक दुष्ट हूँ। चले जाओ यहाँ से। मैं किसी भी इनसान की सूरत नहीं देखना चाहता।"

आवाज सुनते ही एलसिविडस तिमन को पहचान गया। उसकी ऐसी दयनीय और करुण हालत देखकर उसे बड़ा आश्चर्य हुआ। वह पास आकर बोला, "तिमन, मेरे मित्र! तुमने यह क्या हालत बना रखी है? तुम यहाँ क्या कर रहे हो?"

तिमन दूर हट गया और गुस्से में भरकर बोला, "मुझे अकेला छोड़ दो। जाओ और जाकर एथेंस की धरती को खून से लाल कर दो। अपनी तलवार से सभी स्वार्थी लोगों के सिर काट दो!"

एलसिविडस को समझते देर न लगी कि तिमन अपना मानसिक संतुलन

खो बैठा है। वह पुनः स्नेह भरे स्वर में बोला, "मित्र, तुम्हारी यह दशा कैसे हुई? मुझे बताओ, मैं तुम्हारे शत्रुओं से अवश्य प्रतिशोध लूँगा।"

"मैं अपनी इस दुर्गति का स्वयं जिम्मेदार हूँ। मेरी दयालुता और इनसानियत ही मेरे शत्रु बन गए। दूसरों को देते-देते मैंने अपना सबकुछ गँवा दिया। और जब मुझे धन की आवश्यकता पड़ी तो सभी ने आँखें फेर लीं।" तिमन आँसू बहाते हुए बोला।

उसकी दयनीय हालत देखकर एलसिविडस का मन भर आया। उसने एक थैली निकाली और तिमन को पकड़ाते हुए बोला, "मित्र, यह कुछ धन है। इसे अपने पास रख लो। जरूरत पड़ने पर यह तुम्हारे काम आएगा।"

तिमन उत्तेजित होकर बोला, "मुझे तुम्हारा धन नहीं चाहिए। दूर चले जाओ मेरी नजरों से । मैं तुम्हें देखना तक नहीं चाहता।"

"मित्र! जानते हो, इस समय मैं सेना लेकर एथेंस पर चढ़ाई करने जा रहा हूँ। जल्दी ही मैं और मेरे सैनिक एथेंस को मिट्टी में मिला देंगे।" एलसिविडस ने सोचा था, शायद यह समाचार सुनकर तिमन दुःखी होगा।

परंतु तिमन के चेहरे पर प्रसन्नता उभर आई। उसने जेब से स्वर्ण के टुकड़े निकाले और एलसिविडस को देते हुए बोला, "मेरे पास यह कुछ स्वर्ण है। तुम इसे अपने सैनिकों में बाँट दो और उन्हें आदेश दे दो कि वे एथेंस में किसी को भी जीवित न छोड़ें। उनकी तलवारें एक बार उठें तो एथेंस-वासियों का नाश करके ही नीचे आएँ।"

"जल्दी ही एथेंस को जीतने के बाद मैं तुमसे भेंट करने आऊँगा।"—यह कहकर एलसिविडस सेना सहित वहाँ से चला गया।

उसके जाने के बाद तिमन पुनः जमीन खोदने लगा। तभी वहाँ एपेमेंटस नामक दार्शनिक आ धमका। वह तिमन को पहचानता था। वह उस पर व्यंग्य कसने लगा। तिमन ने भला-बुरा कहते हुए उसे मारने के लिए पत्थर उठा लिया। एपेमेंटस सिर पर पैर रखकर भागा।

उधर, एलसिविडस को सेना सहित आते देख एथेंस के दरबारियों ने घुटने टेक दिए और सर्वसम्मति से उसे अपना राजा घोषित कर दिया। इस प्रकार बिना लड़ाई किए एथेंस पर एलसिविडस का अधिकार हो गया। इसके बाद उसने एक सेवक को तिमन का पता लगाने के लिए भेजा।

सेवक ने कुटिया और उसके आस-पास का सारा क्षेत्र छान मारा, परंतु तिमन कहीं भी न मिला। अंततः उसकी दृष्टि एक कब्र पर पड़ी। कब्र के ऊपर कुछ लिखा हुआ था। सेवक पढ़ना-लिखना नहीं जानता था, इसलिए उसने मोम

द्वारा उस लेख की छाप उतार ली और वापस लौटकर एलसिविडस को छाप सौंप दी।

एलसिविडस उसे पढ़ने लगा। उस पर लिखा था—'इस स्थान पर एक अभागे और घृणित व्यक्ति को दफनाया गया है, जिसका नाम तिमन था। उसने जीवन भर मनुष्य और मनुष्य के नाम से घृणा की। जो भी व्यक्ति स्वार्थी, नीच और बेईमान है, महामारी उसका अंत कर दे। यहाँ से निकलनेवालो, अब तुम मुझे दुत्कारो, परंतु यहाँ रुकने की मत सोचना।'

❑

मैकबेथ

मैकबेथ स्कॉटलैंड के सम्राट् का वफादार मंत्री था। वह बड़ा वीर, साहसी, पराक्रमी और बुद्धिमान था। वह कई बार युद्ध में अपनी वीरता और पराक्रम के जौहर दिखा चुका था। जिस युद्ध में वह सेना का नेतृत्व करता, उसमें स्कॉटलैंड की विजय निश्चित होती। उसकी इस बहादुरी से प्रसन्न होकर सम्राट् ने उसे 'ग्लेमिस' का प्रधानमंत्री बना दिया था। इसके बाद वह 'ग्लेमिस के अमात्य' के नाम से प्रसिद्ध हुआ। कुछ लोग उसे प्रधानमंत्री मैकबेथ कहकर भी बुलाते थे।

एक बार स्कॉटलैंड का अपने पड़ोसी देश के साथ भयंकर युद्ध छिड़ गया। इस युद्ध में मैकबेथ ने अपनी बुद्धिमत्ता, कूटनीति और साहस के बल पर शत्रु के दाँत खट्टे कर दिए। अंततः विजय प्राप्त कर मैकबेथ सेना सहित लौट पड़ा।

मार्ग में एक घना जंगल था। रात्रि होने वाली थी, अतः मैकबेथ ने सेना को आदेश दिया कि रात्रि होने से पहले जंगल को पार कर लें। सभी तेजी से कदम उठाते हुए वहाँ से चल पड़े। मैकबेथ स्वयं भी सेनापति के साथ मैदान पार करने लगा। उस सेनापति का नाम बैंको था, जो मैकबेथ के समान ही वीर और साहसी था।

सूर्य तेजी से पश्चिम की ओट में छिपता जा रहा था; परछाइयाँ धीरे-धीरे लंबी होते हुए अंधकार में विलीन होने लगीं। कुछ ही देर में सूर्य पूरी तरह से अस्त हो गया, लेकिन अभी भी चारों ओर उसका थोड़ा सा प्रकाश फैला हुआ था।

चलते-चलते सहसा मैकबेथ को अपने आगे कुछ लोगों के फुसफुसाने का स्वर सुनाई दिया। उसने जैसे ही सिर उठाया, उसका चेहरा पसीने से नहा उठा; भय से आँखें बाहर निकलने को आतुर हो गईं; साँसें जहाँ-की-तहाँ थम गईं।

उसके सामने तीन काली परछाइयाँ खड़ी थीं। झुर्रियोंदार चेहरा, जिसका रंग हलदी के समान पीला था; आँखें अंदर की ओर धँसी हुईं; गाल पिचके हुए और मांसविहीन। इसके कारण सामने के दाँत कुछ अधिक लंबे लग रहे थे। मांसविहीन अस्थि-पंजर के समान शरीर और उस पर झूलते हुए कफन के समान विशाल काले लबादे। निस्संदेह वे इस दुनिया के प्राणी नहीं लग रहे थे। ऐसा प्रतीत हो रहा था मानो तीनों अभी-अभी कब्र फाड़कर बाहर निकले हों। उनका वेश डरावना और चाल-ढाल स्त्रियों जैसी थी। लेकिन चेहरे पर लटकती लंबी दाढ़ी पुरुष होने का संकेत दे रही थी।

ऐसा भयानक रूप किसी की भी धड़कनें रोकने के लिए पर्याप्त था। परंतु यह मैकबेथ था, जो अभी तक उनके सामने खड़ा हुआ था। जैसे ही चीखने के लिए उसने मुँह खोला, वैसे ही एक छाया ने लकड़ी के समान सूखी उँगली अपने होंठों पर रखकर उसे चुप रहने का संकेत किया।

मैकबेथ का मुँह खुला-का-खुला रह गया, लेकिन आवाज नहीं निकली। वह आश्चर्य से भर उन्हें देखने लगा।

तभी दूसरी छाया बोली, ''हे स्कॉटलैंड के वीर अमात्य मैकबेथ! डरो मत। हम तुम्हें कोई नुकसान नहीं पहुँचाएँगे।''

अपना नाम सुनकर मैकबेथ चौंक गया। वह डरते-डरते बोला, ''आप मेरा नाम कैसे जानते हैं, जबकि हम इससे पहले कभी नहीं मिले?''

''मैकबेथ, इसमें आश्चर्य की कोई बात नहीं है। हम पहले से ही तुम्हारा नाम और तुम्हारे बारे में अच्छी तरह से जानते हैं।'' छाया ने प्रत्युत्तर दिया।

मैकबेथ हैरान होकर बोला, ''पहले से! लेकिन तुम कौन हो और मेरे बारे में कैसे जानते हो?''

''हम कौन हैं, तुम्हारे बारे में कैसे जानते हैं—इन बातों का कोई महत्त्व नहीं है। केवल इतना जान लो कि तुम्हारे भूत, वर्तमान और भविष्य का हमें पूरा ज्ञान है। हम यहाँ तुम्हें उस घटना के बारे में बताने आए हैं जिसके बाद तुम्हारा पूरा जीवन बदल जाएगा। कल से तुम्हारा नाम सुनहरे अक्षरों में लिखा जाएगा।'' तीसरी छाया ने रहस्यमय ढंग से कहा।

मैकबेथ को कुछ समझ नहीं आ रहा था। वह हकलाते हुए बोला, ''तुम कहना क्या चाहते हो? कल ऐसा क्या होने वाला है, जो मेरे जीवन को बदल देगा? जो कहना है, साफ-साफ कहो।''

''काडौर जागीर का अमात्य शीघ्र ही स्कॉटलैंड के राजसिंहासन का अधिकारी होगा। कुछ ही दिनों बाद तुम स्कॉटलैंड के राजा घोषित हो जाओगे।''

छाया ने मुसकराते हुए कहा।

"क्या? मैं और स्कॉटलैंड के सिंहासन का अधिकारी! तुम मेरे साथ मजाक कर रहे हो?" मैकबेथ ने बुरी तरह से चौंकते हुए कहा।

"यह कोई मजाक नहीं है। हमारी बात पर विश्वास करो। क्या तुम उन्नति करना नहीं चाहते? क्या तुम नहीं चाहते कि दुनिया तुम्हारे कदम चूमे?"

"संसार में ऐसा कौन है, जो उन्नति नहीं करना चाहता? कौन नहीं चाहता कि ऐश्वर्य और वैभव उसके दास बनकर रहें। मैं स्वयं भी उन्नति के शिखर को छूना चाहता हूँ।"

"निश्चिंत रहो, मैकबेथ! तुम्हारी इच्छा अवश्य पूरा होगी।" छाया ने प्रत्युत्तर दिया।

"लेकिन मैं इस पर कैसे विश्वास कर लूँ? ऐसा कौन सा चमत्कार होगा कि मैं एक देश का राजा बन जाऊँगा?" मैकबेथ संशय प्रकट करते हुए बोला।

"मैकबेथ, तुम्हारे अविश्वास का कारण क्या है?"

अविश्वास का कारण स्पष्ट करते हुए मैकबेथ बोला, "इस समय सम्राट् दंकन के दो पुत्र जीवित हैं। उनके रहते हुए भला मैं कैसे सिंहासन पर आसीन हो सकता हूँ?"

"कोई नहीं जानता कि भविष्य के गर्भ में क्या छिपा है? समय का चक्र पल भर में सबकुछ बदलकर रख देता है। इसलिए हमारी बात पर विश्वास करो। लेकिन..." यह कहकर छाया चुप हो गई।

अब तक मैकबेथ को छाया की बातों पर विश्वास हो गया था; प्रसन्नता से उसका चेहरा दमकने लगा। परंतु छाया की बात अधूरी रहते देख वह उत्सुकतावश बोला, "लेकिन क्या? अपनी बात पूरी करो।"

तीसरी छाया बात पूरी करते हुए बोली, "लेकिन याद रखना, तुम्हारे बाद स्कॉटलैंड के सिंहासन पर बैंको की संतान का अधिकार हो जाएगा।"

"बैंको की संतान का! यह क्या कह रहे हैं आप?" मैकबेथ का दमकता चेहरा एकदम काला पड़ गया।

तभी तीनों छायाओं ने जोरदार ठहाका लगाया और यह गीत गाते हुए वहाँ से अदृश्य हो गईं–

"राज्य करोगे, नहीं करोगे; शाह बनोगे, नहीं बनोगे।
निश्चय ही संतान तुम्हारी, नहीं राज्य की है अधिकारी।"

मैकबेथ को इस गीत का अर्थ बिलकुल भी समझ में नहीं आया। उसने आश्चर्य से भरकर बैंको की ओर देखा और हकलाते हुए बोला, "बैंको, यह सब

क्या था? क्या तुमने भी छायाओं की बात सुनी है? यह कोई स्वप्न तो नहीं था?''

''नहीं मैकबेथ! यह स्वप्न नहीं, हकीकत थी। मैंने भी छायाओं की सारी बात स्पष्ट सुनी है। मुझे इसमें कोई भी संदेह अथवा अविश्वास की बात नजर नहीं आती।'' बैंको ने सरल शब्दों में कहा।

''परंतु ये छायाएँ कौन थीं? इन्होंने हमें ये सब बातें किसलिए बताईं?''

बैंको बोला, ''अवश्य ये भविष्य की छायाएँ थीं, जो हमें सत्य दिखाने आई थीं।''

''तो क्या कल मैं काडौर की जागीर का अमात्य बनूँगा?'' उसने पुनः हैरानी से पूछा।

''इसका निर्णय आनेवाला वक्त करेगा। परंतु इतना अवश्य जान लो कि छायाओं ने जो कुछ भी कहा है, वह अवश्य होकर रहेगा।'' बैंको ने उसे समझाया।

अँधेरा पूरी तरह से उतर आया था। तारों भरे आकाश में चंद्रमा अपनी चाँदनी की किरणें बिखेर रहा था। सारा दिन चलते-चलते सेना थक गई थी। अतः मैकबेथ ने विश्राम करने के लिए वहीं डेरा डाल लिया।

जब वह अपने बिस्तर पर लेटा तो उसकी आँखों में भविष्य के सपने तैर रहे थे। नींद उससे कोसों दूर थी। उसका मन विचारों की उथल-पुथल में हिचकोले खा रहा था। छायाओं द्वारा कही गई एक-एक बात उसके मन-मस्तिष्क में उभर रही थी। वह कुछ ही दिनों में स्कॉटलैंड का राजा होगा, इस विचार ने उसके अंदर उत्साह, विश्वास और प्रसन्नता का संचार कर दिया था। उसे अपना भविष्य उज्ज्वल दिखाई देने लगा। इसी प्रकार जागते हुए उसने सारी रात काट दी।

प्रातःकाल जैसे ही वह सेना सहित प्रस्थान करने के लिए तैयार हुआ, वैसे ही एक शाही दूत उसके नाम सम्राट् दंकन का संदेश लेकर आ पहुँचा। मैकबेथ का दिल जोर-जोर से धड़कने लगा। उसने काँपते हाथों से संदेश-पत्र खोला। उसमें से नीले का रंग कागज निकला, जिस पर स्वर्ण अक्षरों में एक संदेश लिखा हुआ था। मैकबेथ संदेश पढ़ने लगा—

'वीर अमात्य मैकबेथ!

आपने अपनी बुद्धिमत्ता और युद्ध-कौशल के बल पर जिस प्रकार शत्रुओं को पराजित किया है, उससे आपकी राजभक्ति की पराकाष्ठा सिद्ध होती है। इससे प्रसन्न होकर मैंने आपको विशेष सम्मान देने का निर्णय लिया

है। इस सम्मान के अंतर्गत मैं आपको काडौर की जागीर सौंपता हूँ और आपको वहाँ का अमात्य घोषित करता हूँ। इस संदेश-पत्र को सम्मान का प्रतिरूप समझें और इसे स्वीकार करके मुझे अनुगृहीत करें।

आपका प्रशंसक

दंकन'

पत्र पढ़कर मैकबेथ के चेहरे का रंग बदल गया। उसने पत्र बैंको की ओर बढ़ा दिया।

बैंको एक ही साँस में सारा पत्र पढ़ गया। सहसा उसने मैकबेथ के हाथ पकड़े और खुश होकर बोला, "बधाई हो, अमात्य! आपको काडौर की जागीर मुबारक हो! यह आपकी वफादारी का उचित सम्मान है। इसी के साथ छायाओं द्वारा की गई भविष्यवाणी का पहला भाग पूरा हो गया। अब आपको उनकी बातों पर पूरी तरह से विश्वास कर लेना चाहिए।"

मैकबेथ गर्व में भरकर बोला, "यह मेरी वफादारी का एक छोटा सा प्रतिफल है। अभी तो लंबा सफर बाकी है। और जब तक भविष्यवाणी का दूसरा भाग पूरा नहीं होता तब तक मेरे मन को शांति नहीं मिल सकती।"

इधर मैकबेथ भविष्य के सपने सँजो रहा था, वहीं बैंको मन-ही-मन बोला, 'परंतु मेरे मन को तो तब शांति मिलेगी, जब तीसरी भविष्यवाणी पूरी होगी। मुझे उस दिन का बेसब्री से इंतजार है' जब मेरी संतान स्कॉटलैंड के सिंहासन पर आसीन होगी।'

इस प्रकार दोनों अपने-अपने मन में विचारों की अनेक शृंखलाएँ लिये आगे चल पड़े। नगर में उनका भव्य स्वागत हुआ। उनके सम्मान में मंगल गीत गाए गए।

अंततः मैकबेथ अपने घर पहुँचा। तत्पश्चात् छायाओं के प्रकट होने, उनकी भविष्यवाणियों और सम्राट् द्वारा काडौर का अमात्य बनाए जाने की सारी घटना उसने अपनी पत्नी को विस्तार से बता दी।

उसकी पत्नी बड़ी अंधविश्वासी थी; जादू-टोने में उसका विशेष रुझान था। उसने जब मैकबेथ के शीघ्र ही सम्राट् बनने की बात सुनी तो उसकी प्रसन्नता का ठिकाना न रहा। उसके सम्राट् बनते ही वह सम्राज्ञी बनने वाली थी। इससे उसकी खुशी में बढ़ोतरी हो गई। लेकिन अभी सम्राट् दंकन और उनके पुत्र जीवित थे। उनके रहते स्कॉटलैंड का सिंहासन कोसों दूर था। अतः वह मैकबेथ को उत्तेजित करते हुए बोली, "छायाओं की भविष्यवाणी तभी पूरी होगी, जब आप सम्राट् दंकन को अपने मार्ग से हटा देंगे। इसलिए जल्दी-से-जल्दी इस

कार्य को संपन्न कर लें।''

मैकबेथ सख्ती से विरोध करते हुए बोला, ''कैसी बातें कर रही हो तुम? मैंने सम्राट् दंकन का नमक खाया है; उनके प्रति मेरी वफादारी जग-जाहिर है। मैं एक सिंहासन के लिए उनकी हत्या कदापि नहीं कर सकता। खबरदार, आज के बाद अपनी जुबान पर ऐसी बात फिर कभी मत लाना!''

अभी दोनों के बीच वार्त्तालाप चल ही रहा था कि तभी सम्राट् दंकन स्वयं उसके घर आ पहुँचे। वे मैकबेथ को उसकी विजय के लिए बधाई देना चाहते थे। मैकबेथ और उसकी पत्नी ने सम्राट् का यथोचित सत्कार किया और सेवा में कोई कमी नहीं छोड़ी। भोजन में सम्राट् और उनके अंगरक्षकों को शराब परोसी गई, जिसे पीकर सभी बेहोश-से हो गए।

आधी रात बीत चुकी थी। शराब के असर के कारण सभी गहरी नींद में डूबे हुए थे। किसी को भी अपने आसपास का कोई होश नहीं था। लेकिन एक व्यक्ति ऐसा था, जिसकी आँखों में आज नींद का नामोनिशान तक नहीं था; जिसके दिमाग में एक षड्यंत्र उठ रहा था। वह कोई और नहीं, मैकबेथ की पत्नी थी। उसने तलवार निकाल ली और पति से बोली, ''उठो और अपने भविष्य को उज्ज्वल कर लो। सभी गहरी नींद में हैं। जाओ और सम्राट् का सिर काट डालो। तुम्हें सम्राट् बनाने के लिए ही ईश्वर ने यह सुनहरा अवसर दिया है।''

मैकबेथ के हाथ काँप गए। वह विरोध करते हुए बोला, ''नहीं, मैं ऐसा कदापि नहीं कर सकता। जिस राजा ने हमेशा मुझपर विश्वास किया है, मुझे भाई से बढ़कर माना है, राज्य के लालच में अंधा होकर मैं उसके साथ विश्वासघात नहीं कर सकता।''

''ठीक है। आप कायरों की तरह यहीं बैठे उनके उपकारों और अपनी वफादारी को याद करते रहो। यह कार्य मैं स्वयं संपन्न करूँगी। आपको सम्राट् बनने की इच्छा हो या न हो, लेकिन मैं सम्राज्ञी अवश्य बनकर रहूँगी। उन छायाओं की भविष्यवाणी मैं पूरा करूँगी।'' उसकी पत्नी ने कठोरतापूर्वक कहा।

पत्नी की बातों ने मैकबेथ को झकझोरकर रख दिया। उसने उसके हाथ से तलवार ले ली और सम्राट् के कक्ष की ओर बढ़ा। पत्नी ने उसे पहले ही बता दिया था कि सम्राट् के सभी अंगरक्षक शराब से बेसुध होकर पड़े हुए हैं, इसलिए उसके मन में किसी प्रकार का भय नहीं था।

कक्ष में घुसते ही मैकबेथ को सामने खून से लथपथ एक तलवार लटकती हुई दिखाई दी। उसकी नोक उसकी ओर तनी हुई थी। ऐसा लग रहा

था मानो अभी वह तलवार उसका मस्तक काट डालेगी। वह बुरी तरह से चौंक गया। उसने तेजी से-आगे बढ़कर उसे पकड़ना चाहा, लेकिन उसका हाथ हवा में लहराकर रह गया। तलवार का कहीं कोई अस्तित्व नहीं था। यह केवल उसका भ्रम था।

आज तक उसका साहस कभी इतना कमजोर नहीं हुआ था। उसकी तलवार बिजली की तेजी से उठती थी और शत्रु का मस्तक काट डालती थी। उसे अपनी कायरता पर क्रोध आने लगा। इसी क्रोध के आवेग में वह आगे बढ़ा और तलवार के एक ही वार से सम्राट् दंकन का मस्तक काट डाला।

पल भर में खून के फव्वारे फूट पड़े। और फिर देखते-ही-देखते चारों ओर रक्त का एक छोटा सा तालाब बन गया। भयभीत मैकबेथ जैसे ही वहाँ से भागने लगा, उसे एक आवाज गूँजती सुनाई दी; ऐसा लगा जैसे कक्ष की एक-एक ईंट पुकार रही थी—

जागो सोनेवालो जागो, भागो-भागो, भागो-भागो।
खूनी तलवारें हैं जागी, अपने आज बने हैं बागी।।
लुटी जा रही निंदिया अभागी
निंदिया त्यागो, निंदिया त्यागो, भागो-भागो, भागो-भागो।।

वस्तुतः प्रत्यक्ष में ऐसा कुछ भी था। यह उसकी अंतरात्मा की पुकार थी जो उसे अपने अंदर ही सुनाई पड़ रही थी। उसकी आत्मा उसे धिक्कार रही थी।

धीरे-धीरे उसकी अंतरात्मा की आवाज तेज होती गई। मैकबेथ ने घबराकर अपने दोनों हाथ कानों पर रख लिये। फिर तेजी से कदम उठाते हुए वह कक्ष से बाहर निकल गया और अपने बिस्तर में जाकर छिप गया।

लेकिन उसकी पत्नी अधिक चालाक और बुद्धिमती थी। उसने मैकबेथ के कार्य की प्रशंसा की और उसकी खून सनी तलवार एक अंगरक्षक के पास रख आई। फिर उसने उस अंगरक्षक के हाथों और कपड़ों पर भी कुछ खून लगा दिया। इस प्रकार दोनों ने मिलकर एक भयंकर षड्यंत्र कर डाला।

सुबह दंकन की सिर कटी लाश देखकर चारों ओर हड़कंप मच गया। जिसने भी सुना, वह विश्वास नहीं कर सका। इस हत्या को लेकर लोग तरह-तरह की बातें करने लगे। चूँकि हत्या मैकबेथ के घर पर हुई थी, इसलिए सभी की जुबान पर केवल उसी का नाम था। सभी का यही मत था कि मैकबेथ ने ही राजा की हत्या कर दी है। लेकिन उसके सामने भला कौन अपनी जुबान खोलता! सबकुछ समझते हुए भी लोगों ने मुँह पर ताले डाल लिये।

इधर मैकबेथ और उसकी पत्नी सम्राट् की मृत्यु पर शोक प्रदर्शित

कर रहे थे, उधर दोनों राजकुमार भयभीत हो गए। उन्हें अपने प्राण भी संकट में दिखाई देने लगे। एक-न-एक दिन मैकबेथ उनकी भी हत्या कर देगा, यह सोचकर वे सूखे पत्तों की तरह काँपने लगे। अंततः वे चुपचाप नगर छोड़कर भाग गए।

मैकबेथ का मार्ग पूरी तरह से साफ हो चुका था। चूँकि वह सम्राट् दंकन का निकटतम संबंधी और विश्वासपात्र था, इसलिए दरबारियों ने एकमत होकर उसे अपना राजा चुन लिया। और फिर शुभ दिन देखकर स्कॉटलैंड के सिंहासन पर उसका राज्याभिषेक कर दिया गया।

इसके साथ छायाओं की दूसरी भविष्यवाणी भी सत्य सिद्ध हो गई।

परंतु अब मैकबेथ के मस्तिष्क में तीसरी भविष्यवाणी गूँजने लगी। 'तुम्हारे बाद बैंको की संतान इस सिंहासन की अधिकारी होगी।' यह वाक्य रह-रहकर उसके दिलो-दिमाग को झकझोरकर रख देता था। उसने स्वयं को खतरे में डालकर सम्राट् की हत्या की थी; राजकुमारों को भागने के लिए विवश किया था; लोगों की घृणा और ईर्ष्या का पात्र बना था। तो क्या यह सब उसने बैंको की संतानों के लिए किया है? नहीं, कदापि नहीं।

उसने अपनी पत्नी को छायाओं की तीसरी भविष्यवाणी के बारे में बताया तो वह उसे समझाते हुए बोली, ''यह सिंहासन बड़ी कठिनाई से तुम्हारे हाथों में आया है। क्या इसे यों ही किसी दूसरे के लिए छोड़ दोगे? उचित यही है कि तुम अपने रास्ते के दूसरे काँटे को भी हमेशा के लिए हटा दो।''

''नहीं, मैं ऐसा कभी नहीं कर सकता। बैंको मेरा मित्र है। एक खून के बाद मुझमें दूसरा खून करने का साहस नहीं है।'' मैकबेथ विरोध करते हुए बोला।

''तुमने पहला खून अपने लिए किया था; परंतु यह दूसरा खून तुम अपनी संतान के लिए करोगे। लोग अपनी संतान के लिए जान तक दे सकते हैं, तुम्हें तो सिर्फ किसी की जान लेनी है। क्या तुम्हें यह स्वीकार होगा कि तुम्हारे बाद तुम्हारी संतानें भिखारियों की तरह जीवन व्यतीत करें, लोग उन्हें दुत्कारें, अपमानित करें।''

और एक बार फिर मैकबेथ अपनी पत्नी के वाग्जाल में फँस गया। उसने बैंको को मारने का निश्चय कर लिया था।

कुछ दिनों के बाद उसने एक रात्रिभोज का आयोजन किया। इसमें उसने बैंको सहित कई दरबारियों और मित्रों को भी आमंत्रित किया था। भोजन के उपरांत जैसे ही बैंको कुछ देर के लिए कक्ष से बाहर गया, मैकबेथ ने अपने विश्वस्त सैनिकों को गुप्त संकेत कर दिया। सैनिकों ने बाहर ही उसे घेर लिया

और गला घोंटकर उसे मौत के घाट उतार दिया।

देखते-ही-देखते रात्रिभोज का उत्सव शोकसभा में बदल गया। हँसते-मुसकराते चेहरे भय और शोक से भर गए। मैकबेथ ऊँचे स्वर में रोते हुए बोला, ''मित्र बैंको! सम्राट् दंकन के बाद मुझे तुम्हारा ही सहारा था; परंतु तुम भी आज मेरा साथ छोड़ गए। अब मैं अकेला कैसे इतने बड़े साम्राज्य को सँभालूँगा?''

विलाप सुनकर और बैंको के प्रति उसका प्रेम देखकर उपस्थित लोगों की आँखों में आँसू उमड़ आए। तत्पश्चात् उन्होंने उसे समझा-बुझाकर शांत किया और अपने सिंहासन पर बैठने के लिए कहा। जैसे ही मैकबेथ सिंहासन की ओर मुड़ा, उसके पैरों तले जमीन खिसक गई; चेहरा भय से पीला पड़ गया; माथे से पसीना चू पड़ा; आँखें बाहर निकलने के लिए आतुर हो गईं। बैंको की आत्मा उसके सिंहासन पर बैठी अट्टहास कर रही थी। वह केवल उसे ही दिखाई दे रही थी। आस-पास के लोग आत्मा की उपस्थिति से अनजान थे। वे बैंको की मृत्यु को मैकबेथ की खराब हालत का जिम्मेदार मान रहे थे।

परंतु मैकबेथ की पत्नी उसकी बुरी हालत देखकर समझ गई कि अवश्य दाल में कुछ काला है। उसने शीघ्रता से कहा, ''जैसाकि आप लोग देख रहे हैं, ये बैंकों से कितना प्रेम करते थे। इस समय उनकी मृत्यु ने इन्हें अंदर तक हिला दिया है। इनकी हालत बिगड़ रही है। इन्हें आराम की सख्त जरूरत है। इसलिए आप इन्हें कुछ देर के लिए अकेला छोड़ दें।''

इसके बाद सभा समाप्त हो गई और सभी लोग अपने-अपने घर चले गए। उन्हीं लोगों के बीच बैंको का पुत्र भी था। अवसर देखकर वह भी वहाँ से चुपचाप निकल गया।

मैकबेथ ने सारी बात बताई तो उसकी पत्नी भी भय से थर-थर काँपने लगी। अब बैंको का भूत उन्हें परेशान करने लगा। उसके कारण न तो वे ठीक से सो पाते थे और न ही किसी काम में उनका मन लगता था।

यद्यपि मैकबेथ को स्कॉटलैंड का साम्राज्य मिल गया था, तथापि दो हत्याओं के बोझ से उसकी आत्मा बुरी तरह दब गई थी। दिन-रात उसे अपने पाप सामने नजर आते थे। सुख-शांति ने उसका साथ छोड़ दिया था। उसके दिल-दिमाग हमेशा बेचैन रहते। उसका चेहरा डरा हुआ, चिंतित और व्याकुल दिखाई देता। वह इन सबसे छुटकारा चाहता था; परंतु वह पाप के ऐसे दलदल में फँस चुका था, जहाँ से निकलना असंभव था।

अंततः पत्नी के परामर्श पर उसने उन्हीं तीनों छायाओं से मिलने का निश्चय कर लिया, जिन्होंने भविष्यवाणियाँ की थीं। अगले ही दिन वह उस

जंगल में जा पहुँचा।

इधर, छायाओं को उसके आने का पता चल चुका था। मैकबेथ के साथ घटी घटनाओं के बारे में उन्हें पूरी जानकारी थी। वह उनसे मिलने क्यों आ रहा है, यह भी वे भली-भाँति जानती थीं। अतः वे ऐसे जादू-टोनों की तैयारियों में लग गईं, जिनसे भविष्य की घटनाओं के बारे में जाना जा सके। इसके लिए उन्होंने साँप का फन, चमगादड़ के पंख, कुत्ते की जीभ, छिपकली की पूँछ, बिल्ली की आँखें, भेड़िए के दाँत, इनसानी खून आदि अनेक वस्तुएँ एकत्रित कर लीं। इन्हीं के माध्यम से वे प्रेतात्माओं का आवाहन करती थीं और उनसे तीनों कालों की घटनाओं की जानकारी प्राप्त करती थीं।

मैकबेथ ने छायाओं से भेंट की। वे हँसते हुए बोलीं, ''आओ सम्राट् मैकबेथ! आखिरकार तुम्हारी समस्त इच्छाएँ पूरा हो गईं। परंतु हम जानती हैं कि तुम्हारे मन में अभी भी कई प्रश्न उठ रहे हैं। बताओ, तुम अपने प्रश्नों के उत्तर हमसे जानना चाहते हो या हमारे गुरु से?''

''आपके गुरु से। लेकिन क्या मैं उन्हें देख सकता हूँ?'' मैकबेथ ने डरते-डरते पूछा।

जादू-टोने के सामान के साथ एक सिर रखा हुआ था। मैकबेथ ने जैसे ही गुरु के बारे पूछा, वैसे ही वह सिर हवा में लहराते हुए बोला, ''मैकबेथ, मैं ही इनका गुरु हूँ। पूछो, क्या पूछना चाहते हो?''

मैकबेथ हकलाते हुए बोला, ''मैं केवल इतना पूछना चाहता हूँ कि क्या मुझे जीते-जी किसी से भय है? क्या कोई मेरा अहित कर सकता है?''

कटा सिर हँसते हुए बोला, ''मैकबेथ, तीसरी भविष्यवाणी जानने के बाद भी तुम ऐसा प्रश्न कर रहे हो? हाँ, तुम्हें फाइफ के सरदार मैकडफ से सावधान रहना होगा। वही तुम्हारा अहित कर सकता है।''

''शायद आप ठीक कह रहे हैं। सरदारों में केवल मैकडफ ही एक ऐसा व्यक्ति है, जो मुझसे और मेरी उन्नति से ईर्ष्या करता है। यदि उसे अवसर मिल जाए तो वह मेरी हत्या करने से भी नहीं चूकेगा।'' मैकबेथ ने उसकी बात का समर्थन किया।

तभी कटा हुआ सिर अदृश्य हो गया और उसके स्थान पर बिना सिर का एक धड़ नजर आने लगा। वह धड़ खून से बुरी तरह लथपथ था। वह बोला, ''मैकबेथ, यदि तुम कुछ और भी पूछना चाहते हो तो निस्संकोच पूछ लो।''

''मैकडफ के अतिरिक्त मुझे और किस-किससे खतरा है? कौन-कौन मेरे शत्रु हैं?'' उसने पुनः प्रश्न किया।

धड़ बोला, "तुम जैसे वीर और साहसी व्यक्ति को किसी से कोई खतरा नहीं हो सकता। परंतु तुम्हें 'मारो-काटो और राज करो' की नीति के अनुसार चलना होगा। इससे तुम अधिक सुरक्षित रहोगे।"

इससे पहले मैकबेथ कुछ और पूछता, धड़ भी अदृश्य हो गया। अब उसके स्थान पर एक छोटा सा बालक नजर आने लगा। वह बालक वृक्ष की टहनियों के साथ खेलते हुए बोला, "तुम्हें कुछ और पूछना है या तुम्हारे सभी प्रश्न समाप्त हो गए हैं?"

धड़ के स्थान पर बालक को देखकर मैकबेथ मन-ही-मन भयभीत हो रहा था। फिर भी वह साहस जुटाते हुए बोला, "मेरे साम्राज्य का अंत कब होगा?"

बालक बोला, "जिस दिन तेरे राज्य का जंगल तेरे विरुद्ध उठ खड़ा होगा, उसी दिन तेरे साम्राज्य का अंत हो जाएगा।"

मैकबेथ सोच में पड़ गया—'जंगल कभी भी उठा नहीं करता। भला जंगल भी कभी विद्रोह करता है! शायद बालक यही कहना चाहता है कि मेरे राज्य को किसी से कोई खतरा नहीं है।'

"इसका मतलब तो यह हुआ कि मेरा राज्य अटल है।" मैकबेथ के दिल की बात जुबान पर आ गई।

"मैंने कहा न कि जब तक तुम्हारे राज्य का जंगल तुम्हारे विरोध में नहीं उठेगा, तब तक तुम्हारे साम्राज्य को किसी से कोई खतरा नहीं है।" बालक ने अपनी बात पुनः दोहराई।

मैकबेथ को जिस बात ने सबसे अधिक परेशान किया था, वह उसके बारे में पूछते हुए बोला, "मेरी मृत्यु के बाद स्कॉटलैंड के सिंहासन पर मेरी संतान का अधिकार होगा या बैंको की संतान का?"

यह प्रश्न सुनकर बालक जोर-जोर से हँसने लगा और वहाँ से अदृश्य हो गया।

मैकबेथ ने बालक को देखने के लिए इधर-उधर नजरें घुमाईं। तभी उसे राजसी पोशाकें पहने आठ परछाइयाँ दिखाई दीं। एक-एक कर वे मैकबेथ के आगे से गुजरने लगीं। उनमें से आगे खून से लथपथ बैंको की छाया थी, जो मंद-मंद मुसकरा रही थी। मैकबेथ पल भर में समझ गया कि शेष सात छायाएँ वस्तुतः बैंको की सात संतानें हैं, जो उसके बाद स्कॉटलैंड पर शासन करेंगी।

इसके साथ ही छायाएँ और जादू-टोटका अदृश्य हो गया। जंगल के बीचोबीच मैकबेथ अकेला खड़ा था। वह जिस उद्देश्य से आया था, वह पूरा

हो चुका था। भविष्य के बारे में उसका संदेह समाप्त हो गया। लेकिन इससे उसके दु:ख और निराशा में और अधिक वृद्धि हो गई। वह सिर झुकाए अपने महल में लौट आया।

इधर, मैकबेथ की अनुपस्थिति में फाइफ का सरदार मैकडफ राजधानी छोड़कर जा चुका था। उसने राजा दंकन के एक पुत्र के साथ मिलकर विशाल सेना के गठन की तैयारी आरंभ कर दी। वे किसी-न-किसी तरह से स्कॉटलैंड पर अधिकार करना चाहते थे।

मैकबेथ को जब इस बात का पता चला तो वह क्रोध से पागल हो उठा। उसने तलवार उठाई और मैकडफ के घर जाकर उसकी पत्नी, बच्चों एवं रिश्तेदारों को चुन-चुनकर मार डाला। इसके अतिरिक्त उसने उन लोगों को भी मौत के घाट उतार दिया, जो मैकडफ से जुड़े हुए थे तथा उसके साथ सहानुभूति रखते थे। इस प्रकार वह 'मारो-काटो और राज करो' की नीति का पालन करने लगा।

उसने निश्चय कर लिया था कि वह अपने सभी शत्रुओं को मार देगा जिससे छायाओं की भविष्यवाणी असत्य हो जाए। इसी के चलते उसने कई सरदारों, दरबारियों और अपने मित्रों तक को मार दिया। परंतु भाग्य का लिखा कोई नहीं मिटा सकता। वह एक शत्रु का दमन करता तो दूसरा उसके विरोध में उठ खड़ा होता। उसके अत्याचारों के कारण कई वफादार सरदार भी उसके शत्रुओं से जा मिले। वे ऐसे राजा का साथ नहीं दे सकते थे, जो स्वार्थ में अंधा होकर अन्याय और पाप को बढ़ा रहा था।

इसी बीच मैकबेथ की पत्नी रोग से पीड़ित होकर स्वर्ग सिधार गई। वह उसकी सबसे बड़ी हितैषी और सलाहकार थी। उसके बिना वह बुरी तरह से टूट गया। उसकी हालत और भी दयनीय हो गई। अब वह संसार में नितांत अकेला था। अंतत: उसने राजधानी छोड़ दी और अपने कुछ सरदारों को साथ लेकर जंगल में स्थित एक पुराने किले में चला गया।

शीघ्र ही यह समाचार शत्रुओं तक जा पहुँचा। वे इसी अवसर की प्रतीक्षा में थे। उन्होंने बिना देर किए जंगल के पुराने किले को घेर लिया। धीरे-धीरे वे किले की ओर बढ़े। किले के रक्षक उन्हें देख न पाएँ, इसके लिए उन्होंने वृक्षों की टहनियाँ तोड़कर हाथों में ले लीं और उनकी आड़ में छिपकर चलने लगे।

किले की प्राचीर पर एक सैनिक पहरा दे रहा था। उसने जंगल की ओर देखा तो आश्चर्यचकित रह गया। उसे ऐसा प्रतीत हुआ मानो जंगल के सभी वृक्ष किले की ओर बढ़ रहे हों। वह तेजी से मैकबेथ के पास गया और भयभीत

होकर बोला, "महाराज, बड़ा अनर्थ हो गया है। ऐसा लग रहा है जैसे आस-पास का पूरा जंगल किले की ओर बढ़ रहा है।"

"क्या बक रहा है? कहीं तूने नशा तो नहीं कर लिया? क्या कभी जंगल भी चलते हैं?" मैकबेथ गरजते हुए बोला।

"मैं कसम खाकर कह रहा हूँ, मैंने जंगल को चलते हुए देखा है। यदि मेरी बात पर विश्वास न हो तो आप स्वयं चलकर देख लें।" सैनिक ने थरथर काँपते हुए कहा।

"ठीक है। लेकिन अगर तेरी बात झूठी निकली तो मैं तुझे कुत्तों से नोचवा दूँगा।" मैकबेथ गुस्से में भरकर बोला।

"महाराज! विश्वास कीजिए, मैंने अपनी आँखों से जंगल को किले की ओर बढ़ते हुए देखा है। यदि मेरी बात झूठ निकले तो मैं हर दंड भुगतने के लिए तैयार हूँ।" सैनिक ने पूरे विश्वास के साथ कहा।

सैनिक की दृढ़ता देखकर मैकबेथ का साहस डगमगाने लगा। उसे छायाओं की तीसरी भविष्यवाणी याद आ गई। जंगल उसके विरुद्ध उठ खड़ा हुआ था। वह समझ गया कि उसका अंतिम दिन आ गया है।

तभी किले का दरवाजा भड़भड़ाते हुए खुल गया और मैकडफ हाथ में नंगी तलवार लिये आँधी की तरह प्रविष्ट हुआ। उसके साथ अनेक सैनिक भी किले में घुस आए थे।

'फाइफ के सरदार मैकडफ से सावधान रहना', मैकबेथ के दिमाग में यही बात गूँज रही थी। उसने लपककर अपनी तलवार उठा ली और उसका सामना करने लगा।

उसने मैकडफ पर अनेक वार किए, लेकिन वह हर वार बड़ी कुशलता के साथ बचा गया। अंत में मैकडफ ने अपनी तलवार मैकबेथ के सीने में घोंप दी। मैकबेथ लड़खड़ाते हुए जमीन पर गिर गया और फिर देखते-ही-देखते उसने प्राण त्याग दिए।

इसके साथ ही छायाओं की अंतिम भविष्यवाणी भी सत्य हो गई। फिर स्कॉटलैंड के सिंहासन पर बैंको की आठ पीढ़ियों ने शासन किया। ❑

जूलियस सीजर

15 फरवरी का दिन; रोमन परंपरा के अनुसार इस शुभ दिन 'लुपरकल' नामक त्योहार मनाया जाता था। यह त्योहार रोम के विकास और समृद्धि का प्रतीक था। इसी दिन महान् शासक जूलियस सीजर पांपी पर विजय प्राप्त करके रोम आने वाला था।

त्योहार की खुशी और जूलियस सीजर की विजय ने रोम के लोगों को उल्लसित कर दिया था। वे उसका भव्य स्वागत करना चाहते थे। इसलिए काम-धंधे बंद कर वे नगर के मुख्य प्रवेश मार्ग पर एकत्र होने लगे। कुछ ही पल में वहाँ लोगों का विशाल समूह दिखाई देने लगा।

परंतु कुछ लोग ऐसे भी थे, जो सीजर की इस विजय से अप्रसन्न थे। फ्लेवियल और मारलस—ये दोनों रोम के प्रतिनिधि थे और सीजर से घृणा करते थे। उन्हें पता चला कि रोम-निवासी जूलियस सीजर के स्वागत की तैयारी कर रहे हैं तो वे भड़क उठे और कठोर स्वर में बोले, ''तुम लोगों को शर्म नहीं आती? कल तक तुम वीर पांपी को देखने और उसके स्वागत की तैयारी करते थे। परंतु उसके पराजित होते ही तुम्हारा प्यार और वफादारी भी बदल गई। आज तुम उसके शत्रु सीजर के स्वागत के लिए बेचैन हो रहे हो, उसकी जय-जयकार कर रहे हो। परंतु एक बात अच्छी तरह से जान लो कि सीजर की विजय से रोम का कोई भला नहीं होगा। जाओ, यहाँ से चले जाओ और वीर पांपी की पराजय का शोक मनाओ। तुम्हारे लिए यही उचित है।''

लोगों का विशाल जनसमूह तितर-बितर होने लगा। देखते-ही-देखते मुख्य प्रवेश मार्ग पूरी तरह से खाली हो गया।

इसी बीच कुछ अन्य जनप्रतिनिधि भी वहाँ आ गए, जो सीजर के विरोधी थे। फ्लेवियल उन्हें समझाते हुए बोला, ''अपने स्वागत की ऐसी भव्य तैयारियाँ देखकर सीजर का दिमाग सातवें आसमान पर पहुँच जाएगा और अहंकार में भरकर वह हमें अवश्य अपमानित करेगा। अत: हमें उसके स्वागत के लिए की गई सजावट नष्ट-भ्रष्ट कर देनी चाहिए।''

अभी वे इस विषय में सोच ही रहे थे कि तभी गाजे-बाजे के साथ सीजर और उसकी सेना ने जुलूस के रूप में नगर में प्रवेश किया। उस समय जुलूस में सीजर की पत्नी कलफुर्निया, सुरस की पत्नी पोर्शिया, ब्रुटस, डेसियस, कैसियस, कास्कामी और सिसरो थे। इन सबके साथ एक राजज्योतिषी भी था।

लुपरकल के अवसर पर रोम में एक दौड़ का आयोजन किया जाता था। इसके संबंध में मान्यता थी कि इस पवित्र त्योहार के अवसर पर दौड़नेवाले के स्पर्श मात्र से बाँझ स्त्रियाँ गर्भ धारण कर लेती थीं। सीजर की कोई संतान नहीं थी, इसलिए वह लुपरकल की दौड़ में भाग लेने के लिए अपने साथ एंटोनियस नामक सेवक को लाया था। सीजर ने कलफुर्निया को उस मार्ग पर खड़ी होने के लिए कहा, जहाँ से एंटोनियस को दौड़ते हुए निकलना था। उसने एंटोनियस को भी समझा दिया कि उसे दौड़ते हुए कलफुर्निया को स्पर्श करना है।

इसी बीच ज्योतिषी भविष्यवाणी करते हुए बोला, "जूलियस, मेरी गणना के अनुसार 15 मार्च की तिथि आपके लिए बड़ी अशुभ और कष्टप्रदायक है। इसलिए इस दिन आपको विशेष रूप से सावधान रहने की आवश्यकता है।"

सीजर हँसते हुए बोला, "वीर पुरुष गणनाओं पर नहीं बल्कि अपनी तलवार पर विश्वास करते हैं। इस युद्ध में मेरे सारे शत्रु नष्ट हो गए हैं। अब किस में इतना साहस है कि मेरा अहित कर सके? आप अपनी भविष्यवाणी रहने दें, मुझे यह व्यर्थ की प्रतीत होती है।"

इस प्रकार ज्योतिषी की बात को सुनी-अनसुनी कर वह जुलूस के साथ आगे बढ़ गया। परंतु ब्रुटस वहीं खड़ा रहा। यह देखकर कैसियस भी लौट आया और उसे कुरेदते हुए बोला, "रुक क्यों गए, ब्रुटस? क्या तुम लुपरकल दौड़ देखने नहीं जाओगे?"

"तुम जाकर लुपरकल दौड़ देखो, मेरा मन नहीं है।" ब्रुटस ने रूखे स्वर में जवाब दिया।

पिछले कुछ दिनों से ब्रुटस का व्यवहार असामान्य रूप से बदल गया था। सीजर के प्रति उसकी आत्मीयता और सम्मान में कमी आ गई थी। उसका मन विचारों के द्वंद्व में उलझा हुआ था। वह इसके बारे में किसी को बताना नहीं चाहता था। यही कारण था कि वह सबसे अलग-थलग रहता; किसी के साथ ज्यादा बातचीत नहीं करता था। परंतु कैसियस इस बात को महसूस कर रहा था।

ब्रुटस ने जब उत्सव में सम्मिलित होने में अनिच्छा दिखाई तो कैसियस सारी बात समझ गया। फिर भी उसके मन के द्वंद्व को उभारते हुए बोला, "ब्रुटस, जब कोई व्यक्ति मन की गुत्थियों में उलझ जाता है, तब उन्हें सुलझाने के लिए

उसे दूसरे व्यक्ति की आवश्यकता होती है। इस समय तुम भी कुछ ऐसी ही स्थिति से गुजर रहे हो।''

ब्रुटस समझ गया कि वह उसके मन के द्वंद्व को जान चुका है और उसे भड़काकर बाहर निकालने का प्रयास कर रहा है। अभी वह कुछ बोलने ही वाला था कि तभी उसे सीजर की विजय का उद्घोष सुनाई दिया।

''आखिरकार रोम की जनता ने सीजर को अपना राजा मान ही लिया। यद्यपि मैं सीजर को बहुत प्यार करता हूँ, परंतु मैं नहीं चाहता कि वह रोम के सिंहासन पर बैठे।'' यह कहकर ब्रुटस ने ठंडी आह भरी। फिर विस्मित होकर बोला, ''कैसियस, तुम यहाँ क्यों रुके हुए हो? इस अवसर पर तुम्हें सीजर के साथ होना चाहिए था। क्या तुम्हें मुझसे कुछ कहना है?''

धूर्त कैसियस बातों का जाल फैलाते हुए बोला, ''ब्रुटस, मैं अपने स्वाभिमान की रक्षा के लिए चिंतित हूँ। किसी के भय या दबाव में जीना मुझे पसंद नहीं है। और वह भी एक ऐसा व्यक्ति, जो कभी हमारी तरह साधारण व्यक्ति था; जिसका पालन-पोषण हमारी तरह ही हुआ; हम भी सीजर की तरह स्वतंत्र थे। आज उसे वीर और पराक्रमी समझा जाता है। परंतु यही वीर कई बार अपनी कायरता दिखा चुका है। एक बार टाइबर नदी में बाढ़ आई हुई थी। मेरे साहस और हिम्मत की परीक्षा लेने के लिए सीजर ने मुझे नदी पार करने के लिए ललकारा। हम दोनों नदी में कूद पड़े। परंतु नदी पार करने से पहले ही सीजर थक गया और सहायता के लिए चिल्लाने लगा। तब मैंने उसे डूबने से बचाया था। इसी तरह एक बार हम स्पेन में थे। उस समय सीजर को तेज बुखार हो गया। ऐसी स्थिति में वह बच्चों की तरह कराहते हुए पानी माँगने लगा। ऐसा कमजोर और कायर व्यक्ति आज हमारे बल पर विजेता बन गया है। लोग भगवान् की तरह उसकी पूजा करते हैं। यह भाग्य का खेल नहीं बल्कि हमारी अकर्मण्यता है कि शक्ति-संपन्न होने के बाद भी हम उसके दास हैं, जबकि उसमें और हममें कोई अंतर नहीं है। कई वर्ष पहले रोम में ब्रुटल नामक एक वीर था। वह रोमन राजा का प्रभुत्व स्वीकार नहीं करता था। उसकी दृष्टि में रोम के राजा का राज्य शैतान के राज्य के समान था। उसी वीर ब्रुटल के परिवार से संबंधित होने पर भी तुम सीजर का सम्मान करते हो, उसके प्रभुत्व को स्वीकार करते हो। इससे अधिक हमारे लिए अपमान की बात और क्या होगी?''

''कैसियस, तुम क्या कहना चाहते हो और मुझसे किस बात की आशा कर रहे हो, यह मैं भली-भाँति जानता हूँ। परंतु अभी इस बारे में बात करने का समय नहीं है। इसके लिए हमें उचित समय की प्रतीक्षा करनी चाहिए। परंतु मैं

इतना अवश्य कहूँगा कि इस समय जैसी स्थिति है, उसके अंतर्गत रोम में रहने की अपेक्षा किसी दूरस्थ गाँव में रहना अधिक शांति और सुकून भरा है।'' ब्रुटस ने थोड़ा सा उत्तेजित होकर प्रत्युत्तर दिया।

ब्रुटस पर अपनी बातों का असर देखकर कैसियस मन-ही-मन मुसकराने लगा। उसका तीर ठीक निशाने पर लगा था।

अभी वे बातें कर ही रहे थे कि जुलूस लौट आया। तभी उन्होंने क्रोध में तमतमाते हुए सीजर को देखा। उसका चेहरा गुस्से से लाल हो रहा था। कलफुर्निया भी कुछ उदास और मुरझाई हुई दिखाई दी। सिसरो भी क्रोधित दिखाई दिया।

मार्ग में सीजर ने एंटोनियस से कहा, ''कैसियस जैसे पतले, सूखे और चिंतनशील व्यक्ति बड़े खतरनाक होते हैं। ऐसे लोग न तो किसी को अपने से बड़ा देख सकते हैं और न ही उनकी प्रसन्नता को सहन कर पाते हैं। हँसने-बोलने, खेलने-कूदने या संगीत से इनका दूर-दूर तक कोई संबंध नहीं होता। इनसे दूर रहना ही उचित है। इसलिए तुम मेरे आसपास हृष्ट-पुष्ट और प्रसन्न रहनेवाले सेवक नियुक्त कर दो।''

एंटोनियस ने ऐसा ही किया; सीजर का जुलूस आगे बढ़ गया।

चूँकि कैसियस और ब्रुटस उत्सव में सम्मिलित नहीं हुए थे, इसलिए उन्होंने कास्का से सारी बात बताने के लिए कहा। कास्का बोला, ''उत्सव में एंटोनियस ने सीजर को तीन बार मुकुट भेंट किया, लेकिन तीनों बार सीजर ने उसे ससम्मान लौटा दिया। इससे रोम की जनता प्रसन्न हो गई; लोग तालियाँ बजाने लगे, टोपियाँ उछालने लगे। तभी अधिक भीड़ के कारण सीजर का दम घुटने लगा। उसके मुँह से झाग निकलने लगे और वह मूर्च्छित होकर वहीं लुढ़क गया। परंतु गिरने से पूर्व उसने अपना अँगरखा उतार दिया था और जनता से कहा कि यदि वह चाहे तो उसका सिर काट सकती है। उसकी इस बात ने उपस्थित लोगों को मोहित-सा कर दिया। वहीं दूसरी ओर उसने फ्लेवियल और मारलस को सेवा से हटा दिया, क्योंकि उन्होंने उसकी मूर्तियों की सजावट नष्ट करने का अपराध किया था।''

ब्रुटस को पता था कि सीजर हिस्टीरिया का मरीज है। इसलिए उसने कुछ प्रत्युत्तर नहीं दिया। लेकिन कैसियस व्यंग्यपूर्ण शब्दों में बोला, ''सीजर की अपेक्षा गिरने का रोग हम लोगों में अधिक है।''

कैसियस जानता था कि ब्रुटस सीधा और सज्जन व्यक्ति है। उसे आसानी से अपने जाल में फँसाया जा सकता है। लेकिन उसे इस बात का डर भी था

कि सीजर का सबसे विश्वासपात्र और घनिष्ठ होने के कारण ब्रुटस उसके प्रति ईमानदार है। चूँकि सीजर को कैसियस पसंद नहीं था, इसलिए वह भी उससे घृणा करता था। किंतु उसने सोच लिया था कि उसे किस प्रकार ब्रुटस को अपने पक्ष में करना है। लेकिन इससे पहले कास्का को अपने पक्ष में करना आवश्यक था। इसके लिए उसने एक योजना बनाई और कास्का को अगले दिन अपने घर पर रात्रिभोज के लिए आमंत्रित किया। कास्का आमंत्रण स्वीकार कर वहाँ से चला गया।

अगले दिन कास्का निर्धारित समय पर कैसियस के घर पहुँचा। कैसियस उसे अपने वाक्जाल में फँसाते हुए बोला, ''हम शक्ति-संपन्न होने के बाद भी एक ऐसे व्यक्ति के दास हैं, जो न केवल कायर है, बल्कि बुद्धिहीन और अभिमानी भी है। ऐसे व्यक्ति की दासता हमारे गौरव और सम्मान पर कलंक है। इससे अधिक हमारे लिए अपमान की बात और क्या होगी? लेकिन यदि हम मिल जाएँ तो इस कलंक से हमेशा के लिए छुटकारा पाया जा सकता है।''

उसने ये बातें कुछ प्रकार से कही थीं कि कास्का उत्तेजित हो उठा। वह क्रोधित होकर बोला, ''कैसियस, तुम सीजर के विरुद्ध जो भी कदम उठाओगे, उसमें मैं सदा तुम्हारा साथ दूँगा। मैं प्रतिज्ञा करता हूँ कि उस अत्याचारी का अंत करके ही दम लूँगा।''

इस प्रकार बातों-ही-बातों में उसने सीजर के सबसे विश्वासपात्र व्यक्ति को अपने पक्ष में कर लिया। इस विजय से उसकी आँखें प्रसन्नता से भर उठीं।

इसके बाद कैसियस ने अपनी धूर्ततापूर्ण बातों से कुछ और लोगों को भी अपनी ओर कर लिया। ये सभी सीजर के विश्वासपात्र थे। इसी तरह उसने अनेक तर्क देकर ब्रुटस को भी अपनी सहायता के लिए मना लिया।

जिस दिन रोम के सिंहासन पर सीजर का राज्याभिषेक था, उससे एक रात पूर्व कैसियस—कास्का और अन्य सहयोगियों के साथ ब्रुटस के घर पहुँचा। वहाँ उसने सीजर और एंटोनियस की हत्या का प्रस्ताव रखा। सभी ने प्रस्ताव का स्वागत किया। परंतु ब्रुटस असहमति व्यक्त करते हुए बोला, ''यदि सीजर की इस प्रकार सीधे ढंग से हत्या कर दी गई तो वह मरकर रोम में भगवान् का स्थान प्राप्त कर लेगा। रोम की जनता उसकी हत्या का प्रतिशोध लेने के लिए उठ खड़ी होगी। अत: हमें यह काम सोच-समझकर करना होगा, जिससे उसकी हत्या राष्ट्रहित में लगे।''

ब्रुटस की बात में दम था। सभी उसकी बुद्धिमत्ता के कायल हो गए। इसलिए पुन: सारी योजना बनाई जाने लगी। अंतत: सबकुछ निर्धारित हो गया।

इधर सीजर की हत्या का षड्यंत्र रचा जा रहा था, उधर कलफुर्निया को स्वप्न में इस घटना का आभास हो गया था। प्रातः उसने सीजर को स्वप्न के बारे में बताया और बाहर न जाने की प्रार्थना की। वह 15 मार्च का दिन था। ज्योतिषी ने भी सीजर को इस दिन सावधान रहने की चेतावनी दी थी।

परंतु अहंकार में भरा सीजर उसी दिन राजधानी में जाने के लिए उत्सुक था। अतः वह कलफुर्निया से बोला, "इस प्रकार का व्यवहार कायरों को शोभा देता है, महान् जूलियस सीजर को नहीं। यदि आज मेरी मृत्यु निश्चित है तो वह घर बैठे भी आ सकती है। परंतु मैं कायरों की भाँति घर में बैठने की बजाय बाहर खतरों का सामना करना अधिक पसंद करूँगा।"

कलफुर्निया ने उसके पैर पकड़ लिये और रोते हुए बोली, "आप चाहे जितने भी तर्क दें, किंतु मैं आपको कहीं नहीं जाने दूँगी। रात के स्वप्न ने मेरा चैन छीन लिया है; मेरा मन भयभीत हो रहा है। आप एंटोनियस को वहाँ भेज़ दें। वह सीनेट के सदस्यों को कह देगा कि तबीयत खराब होने के कारण आज आप सीनेट में नहीं आ सके।"

सीजर ने आधे-अधूरे मन से कलफुर्निया की बात मान ली। तभी उसे ले जाने के लिए डेसियस आ पहुँचा। सीजर ने डेसियस से कहा, "तुम सीनेट के सदस्यों को सूचित कर दो कि आज मैं राजधानी में नहीं जाऊँगा।"

निर्धारित कार्यक्रम में अचानक परिवर्तन देख डेसियस आश्चर्यचकित रह गया। उसने इस प्रकार घुमा-फिराकर पूछा कि सीजर ने विवश होकर उसे सबकुछ बता दिया।

तब डेसियस प्रसन्न होकर बोला, "यह तो बड़ा ही शुभ स्वप्न है। इसका अर्थ है कि आज से रोम में नवीन रक्त का संचार होगा, लोगों को नवजीवन प्राप्त होगा। आप इसका गलत अर्थ न लगाएँ और प्रसन्न होकर सीनेट में चलें। सीनेट के सदस्य आपको राजमुकुट पहनाना चाहते हैं। यदि आज आप नहीं गए तो सभी आपको कायर समझकर आपका मजाक उड़ाएँगे। हो सकता है, कुछ लोग यह कहें कि जब तक कलफुर्निया को शुभ स्वप्न नहीं आएगा, तब तक सीजर का राज्याभिषेक नहीं होगा।"

डेसियस की बात ने सीजर के विचारों को बदल दिया। तभी वहाँ ब्रुटस, कास्का, कैसियस आदि भी आ पहुँचे। सीजर तैयार होकर उनके साथ राजधानी की ओर चल दिया।

सीनेट में पहुँचते ही सीनेटर पॉपिलियस ने कहा, "तुम्हारा प्रयास सफल हो।" यह सुनकर षड्यंत्रकारियों के चेहरों का रंग उड़ गया। उन्होंने सोचा कि

शायद उनकी योजना लीक हो गई है। लेकिन ब्रुटस ने उन्हें समझाया कि पॉपिलियस की बात का हमारे साथ कोई संबंध नहीं है। इस बात से सीजर के चेहरे पर भी कोई परिवर्तन नहीं हुआ है। तब जाकर उन्होंने चैन की साँस ली। फिर उनके संकेत पर ट्रेबोनियस नामक षड्यंत्रकारी एंटोनियस को लेकर बाहर चला गया।

सीनेट की कार्यवाही आरंभ हुई। डेसियस ने मेटेलस सिंबर को अपनी समस्या सीजर के समक्ष रखने के लिए कहा।

मेटेलस ने सीजर के सम्मान में सिर झुकाया और उससे अपने भाई पबलियस सिंबर के निष्कासन का आदेश वापस लेने की प्रार्थना की।

सीजर रूखे स्वर में बोला, ''मेटेलस, तुम्हारे सिर झुकाने या नम्रतापूर्वक प्रार्थना करने से मेरा मन नहीं पिघलेगा। इस प्रकार कपट में लिपटी सौजन्यता दिखाने की तुम्हें कोई आवश्यकता नहीं है। मैं आज तक न्याय के मार्ग से कभी विचलित नहीं हुआ। तुम्हारे भाई का निष्कासन राष्ट्रीय कानून के अनुसार हुआ है और मैं इसे नहीं बदल सकता।''

इस तरह उसने सिंबर को दुत्कार दिया।

उसके बाद ब्रुटस और कैसियस ने भी पबलियस सिंबर को मुक्त करने की प्रार्थना की। सीजर उनकी प्रार्थना अस्वीकार करते हुए बोला, ''मैं न तो व्यर्थ में किसी को दंडित करता हूँ और न ही बिना किसी ठोस कारण के अपना निर्णय बदलता हूँ। इसलिए तुम निर्णय बदलने की उम्मीद छोड़ दो। पबलियस के निष्कासन पर मैं पूरी तरह अटल हूँ।''

डेसियस और सिन्ना ने भी दया की अपील की, लेकिन सीजर ने उन्हें डाँट दिया, ''मैंने ब्रुटस की प्रार्थना को भी अस्वीकार कर दिया है। इसके बाद कुछ नहीं बचता।''

सीजर का व्यवहार देखकर कास्का गुस्से में भरकर बोला, ''ठीक है, अब हमारे हाथ ही हमारी बात को पूरा करेंगे।''

यह कहकर उसने सीजर पर छुरे से वार किया। फिर सभी एक-एक कर उसे छुरा घोंपने लगे। अंत में ब्रुटस ने छुरा निकालकर सीजर के सीने में घोंपा।

षड्यंत्रकारियों में अपने विश्वासपात्र मित्र ब्रुटस को देखकर सीजर मर्माहत हो उठा। उसके मुख से केवल इतना ही निकला, ''ब्रुटस, तुम भी···!'' इतना कहते ही सीजर ने दम तोड़ दिया।

सीजर के मरते ही सिन्ना ने प्रसन्न होकर उद्घोष किया, ''अत्याचारी का अंत हो गया। अब हम स्वतंत्र हैं।''

इसके बाद ब्रुटस ने सीनेट के सदस्यों को भयरहित होने तथा शांत रहने के लिए कहा। फिर उसने राष्ट्र के नाम जनहित संदेश प्रसारित किया, जिसमें रोम को क्षति न पहुँचाने की बात कही गई थी।

इधर, एंटोनियस को सीजर की हत्या का समाचार मिला तो वह घर भाग गया। बाद में उसने नौकर के हाथ षड्यंत्रकारियों के पास संदेश भेजा कि यदि वे उसे अभय प्रदान कर दें तो वह सदा उनका वफादार सहयोगी बनकर रहेगा। किंतु यह उसकी एक चाल थी, जिसे षड्यंत्रकारी समझ न सके। उन्होंने उसे क्षमा कर दिया।

एंटोनियस उनके पास गया और उनकी तारीफों के पुल बाँधते हुए बोला, "आप राष्ट्र के हितैषी हैं। आपने सीजर की हत्या राष्ट्रहित में ही की होगी, इसलिए मुझे उनकी हत्या से कोई सरोकार नहीं है। किंतु सीजर मेरे मालिक थे, अतः अपने कर्तव्य का पालन करने के लिए मैं विधिवत् और सम्मानपूर्वक उनका दाह-संस्कार करना चाहता हूँ।"

षड्यंत्रकारी उसकी चिकनी-चुपड़ी बातों में बुरी तरह फँस चुके थे। उन्होंने सीजर का शव उसे सौंप दिया।

एंटोनियस शव को लेकर जनता के बीच पहुँचा और रोते हुए बोला, "ये वही महान् जूलियस सीजर हैं, जिन्होंने तीन बार रोम के राजमुकुट को ठुकरा दिया था, जिसने रोम की जनता के सामने स्वयं को सौंप दिया था। ये रोम के लिए अनेक भले कार्य करना चाहते थे, लेकिन इससे पूर्व ही षड्यंत्रकारियों ने इनकी हत्या कर दी। अब आप ही उनसे अपने राजा की हत्या का प्रतिशोध लें। तभी महान् जूलियस सीजर की आत्मा को शांति मिलेगी।"

सच का पता चलते ही रोमन प्रजा भड़क उठी। उन्होंने षड्यंत्रकारियों को घेर लिया और उनका वही हश्र किया, जो इतिहास में विश्वासघातियों का होता आया है।

❑

किंग लियर

प्राचीन समय में इंग्लैंड में लियर नामक एक राजा राज्य करता था। उसकी अनेक रानियाँ थीं। ईश्वर की कृपा से उसके पास धन, संपत्ति, नौकर-चाकर, महल इत्यादि सबकुछ था। लेकिन इतना सब होते हुए भी उसके कोई संतान नहीं थी। संतान के बिना उसका वंश कैसे चलेगा? उसके बाद कौन राज्य का कार्यभार सँभालेगा? यही चिंता उसे दिन-रात परेशान करती रहती थी। इसी प्रकार अनेक वर्ष बीत गए।

आखिरकार ईश्वर ने उसकी पुकार सुन ली और उसके घर तीन पुत्रियों ने जन्म लिया। उसने पहली पुत्री का नाम गोनरिल, दूसरी का नाम रीगन और तीसरी का नाम कॉर्डिलिया रखा। वह अपनी पुत्रियों को पुत्रों के समान समझता था और उसी प्रकार उनका पालन-पोषण कर रहा था। यद्यपि तीनों पुत्रियाँ उसे समान रूप से प्रिय थीं, परंतु वह कॉर्डिलिया को अधिक प्रेम करता था। कॉर्डिलिया भी पिता से अधिक स्नेह करती थी।

धीरे-धीरे समय बीतता गया और तीनों राजकुमारियों ने यौवन की दहलीज पर कदम रखे। तीनों ही सुंदरता में एक से बढ़कर एक थीं। अब लियर को उनके विवाह की चिंता सताने लगी। वह उनका विवाह श्रेष्ठ राजकुमारों के साथ करना चाहता था, इसलिए उसने योग्य वरों की तलाश आरंभ कर दी।

शीघ्र ही उसे दो योग्य राजकुमार मिल गए। उसने बड़ी पुत्री गोनरिल का विवाह अलबनी के राजकुमार के साथ कर दिया, जबकि रीगन का विवाह कार्नवाल के राजकुमार के साथ हुआ। इस प्रकार उसकी दो पुत्रियों का विवाह बड़ी धूमधाम के साथ संपन्न हुआ। अब केवल कॉर्डिलिया ही कुँवारी रह गई थी।

कॉर्डिलिया की सुंदरता की चर्चा चारों ओर फैली हुई थी। अनेक राजकुमार उसके साथ विवाह करना चाहते थे। इन राजकुमारों में फ्रांस का राजा और बरगंडी का राजकुमार भी सम्मिलित थे। वे दोनों कॉर्डिलिया के इतने दीवाने

थे कि उन्होंने लियर के दरबार में ही डेरा डाल लिया था। वे अनेक महीनों से वहीं रह रहे थे।

राजा लियर पर वृद्धावस्था अपना प्रभाव दिखाने लगी थी। उसकी शारीरिक क्षमता दिन-प्रतिदिन कम होने लगी। राजकार्यों से उसका मन उकताने लगा। वह अपना शेष जीवन शांति और सुकून के साथ व्यतीत करना चाहता था, अत: उसने अपना राजपाट तीनों पुत्रियों को सौंपने का निश्चय कर लिया।

एक दिन लियर ने पुत्रियों को अपने पास बुलाया और प्रेम भरे स्वर में बोला, ''मेरी प्यारी बेटियो! अब मैं बूढ़ा हो गया हूँ, इसलिए मैंने निश्चय किया है कि मैं अपना राजपाट तुम तीनों में बाँट दूँ। परंतु इससे पूर्व मैं जानना चाहता हूँ कि तुम मुझसे कितना प्रेम करती हो? इसी के आधार पर मैं अपने राज्य का बँटवारा करूँगा।''

सबसे पहले उसने गोनरिल की ओर देखा। गोनरिल अपने शब्दों में चापलूसी का रस घोलते हुए बोली, ''पिताजी, आपके लिए मेरे मन में इतना प्यार है कि मैं आपके लिए सबकुछ छोड़ सकती हूँ। मुझे आपसे अधिक प्रिय कुछ भी नहीं है।''

लियर अत्यंत प्रसन्न हो गया और उसने उसी समय गोनरिल को अपने राज्य का एक हिस्सा सौंप दिया।

अब रीगन की बारी थी। उसने जब देखा कि बड़ी बहन ने केवल दो वाक्य बोलकर ही राज्य का एक हिस्सा प्राप्त कर लिया तो वह भला पीछे कहाँ रहनेवाली थी। उसने भी अपना दाँव खेला, ''पिताजी, गोनरिल ने केवल दो वाक्यों में आपके प्रति प्रेम प्रकट कर दिया है। लेकिन मैं अगर सारी जिंदगी भी बोलती रहूँ तो भी आपके प्रति अपने प्रेम को प्रकट नहीं कर सकती। मेरे मन में आपके लिए प्रेम का अथाह सागर लहरा है, जिसे शब्दों की सीमा से नहीं बाँधा जा सकता। मैं आपके लिए अपने प्राण भी त्याग सकती हूँ।''

निस्संदेह रीगन के शब्द गोनरिल से अधिक प्रभावशाली थे, जिन्होंने लियर को मोहित-सा कर दिया। उसने अपने राज्य का दूसरा हिस्सा रीगन को सौंप दिया।

लोभ के वशीभूत होकर दोनों बड़ी बहनों ने अपना स्वार्थ सिद्ध कर लिया था। लेकिन कॉर्डिलिया उन जैसी नहीं थी। वह न तो झूठ बोल सकती थी और न ही चापलूसी कर सकती थी।

लियर ने जब उससे पूछा तो वह धीमे स्वर में बोली, ''पिताजी, मैं आपको केवल उतना प्यार करती हूँ जितना एक पुत्री अपने पिता से कर सकती

है। मेरा प्यार न तो इससे अधिक है और न ही इससे कम।''

लियर आश्चर्यचकित रह गया। जिस पुत्री को वह सबसे अधिक प्रेम करता था, उसके मुख से अपने लिए प्यार की इतनी संक्षिप्त व्याख्या सुनकर वह हतप्रभ था। उसने कॉर्डिलिया से कहा, ''पुत्री, लगता है, तुम अपने मनोभावों को शब्दों में ठीक से प्रकट नहीं कर पा रही हो। मैं तुम्हें अपनी अशुद्धि सुधारने का एक और अवसर देता हूँ।''

''नहीं पिताजी, मैंने जैसा महसूस किया, उसे वैसा ही आपके सामने स्पष्ट कर दिया। मेरे मन में आपके लिए केवल इतना ही प्रेम है। अपनी बहनों की तरह मैं आपसे न तो झूठ बोल सकती हूँ और न ही ऐसी बातें कर सकती हूँ, जिसे निभाना मेरे लिए असंभव हो। यह बात सच है कि आप मेरे पिता हैं और मैं आपसे बहुत प्यार करती हूँ। आपने मेरे लिए जो किया है, उसका ऋण कभी चुकाया नहीं जा सकता। लेकिन मैं बड़ी-बड़ी आधारहीन बातें नहीं कर सकती।''

कॉर्डिलिया की बातों ने लियर की क्रोधाग्नि में घी का काम किया। उसका चेहरा तमतमाने लगा, नेत्र अंगारे उगलने लगे। उसने आवेश में आकर अपना शेष राज्य भी दोनों बड़ी पुत्रियों में बाँट दिया। जबकि सत्य बोलनेवाली कॉर्डिलिया पिता की धन-संपत्ति से वंचित हो गई।

इसके बाद लियर ने दोनों बेटियों के सामने शर्त रखी कि जब तक वह जीवित है, तब तक उसके साथ सौ अमीर रहेंगे। दोनों को बारी-बारी से उन सबकी सेवा करनी होगी। वह एक-एक महीना उनके घर रहा करेंगे। लोभ से घिरी दोनों राजकुमारियों ने लियर की शर्त स्वीकार कर ली।

जब मंत्रियों को लियर के इस निर्णय के बारे में पता चला तो वे उसकी हठधर्मिता और मूर्खता से दुःखी हो गए। एक निरपराध और सत्य बोलनेवाली पुत्री के साथ उसका व्यवहार सभी के लिए असहनीय था। परंतु लियर की बात काटने का साहस किसी में नहीं था। सभी चुप रहकर यह अन्याय सहन कर गए। किंतु एक सामंत ऐसा भी था, जो लियर का अत्यंत निकटतम और विश्वासपात्र था। उसका नाम कांत था। लियर उसकी बातों को बड़ा महत्त्व देता था। उसने उसे समझाने का प्रयास किया, परंतु पुत्रियों के प्रेम से अंधे हुए लियर को उसकी बातें आज जहर बुझे तीर की तरह लग रही थीं। उसने क्रोध में भरकर कांत को देश-निकाला दे दिया।

इसके बाद लियर ने उन दोनों राजकुमारों को बुलाया, जो कॉर्डिलिया से विवाह करना चाहते थे। उसने उनसे पूछा, ''मैंने कॉर्डिलिया को अपने राज्य और

धन-संपत्ति से अलग कर दिया है। इसकी हालत एक भिखारिन के समान है। तुममें से जो इसके साथ विवाह करना चाहता है, वह आगे आए।''

''मैंने एक राजकुमारी से प्रेम किया था, किसी भिखारिन से नहीं। मैं कॉर्डिलिया से विवाह करके अपने परिवार का अपमान नहीं कर सकता।'' यह कहकर बरगंडी के राजकुमार ने इनकार कर दिया।

तब फ्रांस के राजा ने आगे बढ़कर कॉर्डिलिया का हाथ पकड़ लिया और प्रेम भरे स्वर में बोला, ''कॉर्डिलिया, मैंने किसी राजकुमारी से नहीं बल्कि तुमसे प्रेम किया है। तुम मुझे हर स्थिति में स्वीकार्य हो। तुम मेरे साथ फ्रांस चलो और वहाँ की सम्राज्ञी बनकर राज करो।''

कॉर्डिलिया भरे मन से पिता की ओर देखते हुए बोली, ''पिताजी, आपके अन्यायपूर्ण व्यवहार के बाद भी मेरे मन में आपके लिए कभी द्वेष या घृणा पैदा नहीं होगी। जैसे पहले मैं आपको प्यार करती थी, आगे भी हमेशा प्यार करती रहूँगी।'' फिर वह अपनी बहनों से बोली, ''बहनो, मैं यहाँ से जा रही हूँ। अब पिताजी की जिम्मेदारी तुम दोनों पर है। इनका सदा खयाल रखना; इन्हें जरा-सा भी कष्ट न होने पाए।''

गोनरिल कटु स्वर में बोली, ''कॉर्डिलिया, तुम यह सहानुभूति रहने दो। इस प्रकार का व्यवहार तुम्हें शोभा नहीं देता। तुम अपने पति के साथ यहाँ से चली जाओ और उसका खयाल रखो। पिताजी को सँभालने के लिए हम यहाँ हैं। हमें मत सिखाओ कि हमें क्या करना है।''

बहन की कड़वी बातें सुनकर कॉर्डिलिया की आँखों से आँसू टपक पड़े। उसने सभी से विदा ली और पति के साथ वहाँ से चली गई।

इधर, शर्त के अनुसार लियर अपने एक सौ अमीरों के साथ बड़ी बेटी गोनरिल के पास रहने लगा। लेकिन अभी एक महीना पूरा भी नहीं हुआ था कि गोनरिल के व्यवहार में परिवर्तन आने लगा। उसे पिता से मिले अनेक दिन बीत जाते। लियर स्वयं उससे मिलने का प्रयास करता तो वह काम का बहाना बनाकर मिलने से इनकार कर देती। जिस पिता से वह सबसे अधिक प्रेम करने का दावा करती थी, अब वही उसे 'बूढ़ा' नजर आने लगा था, एक अनचाहा बोझ महसूस होने लगा था।

कई बार वह नौकर-चाकरों के सामने ही पिता के लिए अपशब्दों का प्रयोग करते हुए बड़बड़ाती रहती, ''पता नहीं इस उम्र में बूढ़े को क्या हो गया है, जो एक सौ अमीरों को घर में लाकर बिठा दिया। जरूर इनका दिमाग खराब है, नहीं तो इस प्रकार महल को सराय नहीं बनाते। इन्हें सबकुछ त्यागकर

ईश्वर-भक्ति में मन लगाना चाहिए। परंतु इनकी इच्छाएँ अभी भी पहले जैसी ही हैं।''

धीरे-धीरे गोनरिल के रूखे व्यवहार को देखकर नौकर-चाकरों के मन में भी लियर के प्रति सम्मान कम होने लगा। वे उसकी आज्ञा की अवहेलना करने लगे, उसकी सेवा से जी चुराने लगे। यद्यपि गोनरिल यह सब देख रही थी, तथापि उसने आँखें मूँद लीं।

पुत्री के इस व्यवहार ने लियर को तोड़कर रख दिया। उसने कभी कल्पना भी नहीं की थी कि जिस पुत्री को वह अपना सर्वस्व सौंप रहा है, वह इतनी जल्दी उससे किनारा कर लेगी। वह बेबस पंछी की तरह फड़फड़ाते हुए दिन गुजारने लगे।

लियर का परम हितैषी कांत दुनिया की नजर में देश-निकाले का दंड भोग रहा था, लेकिन सच यह था कि वह गुपचुप तरीके से राजा पर नजर रखे था। वह लियर की दोनों बेटियों की मक्कारी और कुटिलता के बारे में अच्छी तरह से जानता था। उसे पता था कि सबकुछ मिल जाने के बाद वे लियर को दूध में पड़ी मक्खी की तरह निकालकर फेंक देंगी। इसलिए वह किसी भी स्थिति में अपने प्रिय राजा को अकेला नहीं छोड़ सकता था। वह हमेशा उनके साथ रहना चाहता था।

अत: एक दिन वह नौकर का वेश बनाकर लियर के पास जा पहुँचा। वेश बदले होने के कारण लियर उसे पहचान नहीं सका। वह उससे विनती करते हुए बोला, ''महाराज, मैं एक गरीब व्यक्ति हूँ। मुझे काम की तलाश है। आप मुझे अपने पास नौकर रख लें। मैं आपकी हर प्रकार से सेवा किया करूँगा।''

लियर उसका कंधा थपथपाते हुए बोला, ''इस समय मैं स्वयं दूसरों पर आश्रित हूँ। मेरी ऐसी स्थिति नहीं है कि नौकर रख सकूँ। तुम कहीं और जाकर काम की तलाश करो।''

कांत भला कहाँ हार माननेवाला था। वह पुनः बोला, ''राजन्, मुझे धन की आवश्यकता नहीं है। मैं बचा हुआ भोजन खाकर आपकी सेवा करता रहूँगा। मुझे अपने से दूर मत कीजिए।''

लियर कुछ आश्वस्त होकर बोला, ''ठीक है। लेकिन तुम क्या काम जानते हो?''

कांत विनम्र स्वर में बोला, ''मालिक, मैं साफ-सफाई से लेकर मेहमानों की सेवा आदि सबकुछ कर सकता हूँ। आप जो काम देंगे, मैं खुशी-खुशी कर लूँगा।''

"बातों से तो तुम हर काम में निपुण लगते हो। तुम्हारा नाम क्या है?"

"हुजूर, सब मुझे कायस के नाम से जानते हैं। आप भी मुझे इसी नाम से पुकारा करें।"

उसी दिन से कांत कायस नाम से लियर के पास नौकरी करने लगा। पहले दिन ही उसे अपनी स्वामीभक्ति दिखाने का अवसर मिल गया। एक राजसेवक ने किसी बात को लेकर लियर को कठोर नेत्रों से घूरते हुए भला-बुरा कह दिया। उसका यह दु:साहस कांत के लिए असहनीय था। उसने उसी समय उस राजसेवक को खूब मारा और बाहर नाली में फेंक दिया। ऐसे सेवक को पाकर लियर अत्यंत प्रसन्न हुआ। इसके फलस्वरूप धीरे-धीरे उसका झुकाव कांत की ओर बढ़ने लगा।

लियर के साथ कुछ स्वामीभक्त नौकर और भी थे, जिन्होंने संकट के समय में भी उसका साथ नहीं छोड़ा था। इन्हीं में हँसोड़ नामक एक सेवक भी था। वह अपनी हास्य कविताओं, तुकबंदियों और उलटी-सीधी बातों से लियर का मनोरंजन किया करता था। अनेक बार वह राजा के भोलेपन और राजकुमारियों की कुटिलता पर तुकबंदियाँ लिख डालता था।

इस प्रकार हँसोड़ और कायस—दोनों मिलकर लियर को प्रसन्न रखने का प्रयास करते रहते थे। लेकिन गोनरिल उन पर भारी थी। लियर को कष्ट देने के लिए वह अकेली ही बहुत थी।

एक दिन गोनरिल चिढ़ते हुए पिता के पास आई और तीखे स्वर में बोली, "बस, बहुत हो चुका। अब मैं आपकी तथा आपके साथियों की और अधिक सेवा नहीं कर सकती। आप लोगों ने मेरे घर को धर्मशाला बनाकर रख दिया है। मेरे पास इन पर खर्च करने के लिए फिजूल का धन नहीं है। अच्छा यही होगा कि आप सभी यहाँ से चले जाएँ।"

इन शब्दों ने लियर को अपमान की आग में झुलसा डाला। उसने उसी समय बड़ी बेटी को छोड़कर छोटी बेटी रीगन के घर जाने का निश्चय कर लिया। आज्ञा मिलते ही सेवकों ने उसी दिन सब तैयारियाँ कर दीं।

अगले दिन लियर और उसके एक सौ अमीर साथी अपने-अपने रथों पर सवार हुए। चलने से पूर्व लियर ने महल की ओर देखा और करुण स्वर में प्रार्थना करते हुए बोला, "हे ईश्वर! गोनरिल ने मेरी बेटी होने के बाद भी सदा मेरा अपमान और तिरस्कार किया, मुझे अपशब्द कहे, मुझे मेरे ही महल से चले जाने के लिए विवश कर दिया। प्रभु! मैं शाप देता हूँ कि इस दुष्टा को कभी संतान का सुख नसीब न हो। जिस प्रकार इसने मुझे कष्ट दिए हैं, उसी प्रकार यह भी

दुःखों की आग में जलती रहे।"

फिर काफिला रीगन के घर की ओर चल पड़ा।

इधर, लियर के जाने के बाद गोनरिल ने रीगन को पत्र लिखा—

'प्रिय बहन!

यह बताते हुए मेरा मन दुःख और पीड़ा के बोझ से दबा जा रहा है कि पिताजी मेरा घर छोड़कर अपने साथियों सहित तुम्हारे घर की ओर प्रस्थान कर चुके हैं। लोग यही सोचेंगे कि मेरे सेवा-सत्कार में कोई कमी रह गई, जिसके कारण एक महीना पूरा होने से पहले ही पिताजी यहाँ से चले गए। कहीं तुम किसी व्यर्थ की बात पर विश्वास न कर लो, इसलिए मैं सारी बात स्पष्ट तौर पर बता देना चाहती हूँ।

बहन, शर्त के अनुसार पिताजी अपने एक सौ अमीर साथियों के साथ मेरे पास रह रहे थे। मैं उनकी यथासंभव हर प्रकार की सेवा कर रही थी। मैं ऐसा जीवन भर करती रहती, परंतु उनके साथियों की फिजूलखर्ची और फरमाइशों ने मुझे हिलाकर रख दिया। उनका प्रत्येक साथी स्वयं को राजा के समान समझता था। उनके लिए दिन-रात शराब की नदियाँ बहती रहीं; प्रतिदिन अनेक प्रकार के व्यंजन तैयार होते; नौकर-चाकरों की फौज उनकी आज्ञा मानने के लिए सदा तैयार रहती। खजाना उनकी फरमाइशें पूरी करने के लिए खर्च हो रहा था। इस पर भी उन्हें संतोष नहीं था। वे मुझसे और अधिक उम्मीदें लगाए बैठे थे।

बहन, ऐसे में भला किसके सब्र का प्याला न भरता! मैं भी एक इनसान हूँ; कब तक इस प्रकार का सर्वनाश सहन करती? वे हमारे पिताजी हैं; उनकी सेवा करना हमारा कर्तव्य है। किंतु इसका अर्थ यह तो नहीं कि हम उनकी अनुचित माँगों को भी पूरा करते रहें। मैंने उन्हें यही बात समझाने की कोशिश की, परंतु सब व्यर्थ। उन्होंने इसे अपना अपमान समझा और मुझसे नाराज होकर यहाँ से चले गए। देखा जाए तो इसमें उनका कोई दोष नहीं है। उनके साथी ही उन्हें इसके लिए बहकाते हैं, जिससे उनके ऐशो-आराम पर कोई असर न पड़े।

बहन, मैंने तुम्हें सारी स्थिति से अवगत करवा दिया है। अब तुम पर निर्भर है कि तुम मेरे अनुभव से लाभ उठाती हो या नहीं। यदि तुम पिताजी की अनुचित माँगों को पूरा करोगी तो निस्संदेह एक दिन तुम्हें भी कष्ट भोगने पड़ेंगे। इसलिए जो उचित है, वही करो। शेष तुम्हारी इच्छा।

शुभचिंतक

गोनरिल'

गोनरिल ने यह पत्र एक संदेशवाहक को दिया और उसे समझाते हुए बोली, "देखो, महाराज के पहुँचने से पूर्व ही यह पत्र रीगन तक पहुँच जाना चाहिए। इस कार्य को शीघ्रतापूर्वक करो। लौटने पर तुम्हारी झोली इनाम से भर दी जाएगी। लेकिन ध्यान रहे, महाराज से पहले तुम्हें रीगन तक पहुँचना है।"

संदेशवाहक ने पत्र को कमर में खोंसा और प्रणाम कर शीघ्रता से बाहर चला गया।

इधर, लियर ने कायस के हाथों अपने आगमन का समाचार रीगन को भेजा। उन्होंने पत्र में लिखा था कि वे उसके महल में आ रहे हैं, इसलिए वह उनके स्वागत के लिए तैयार रहे।

कायस जब रीगन के महल में पहुँचा तो वहाँ गोनरिल का संदेशवाहक भी उपस्थित था। यह वही व्यक्ति था, जिसे कायस ने मार-मारकर नाली में फेंक दिया था। उसे देखकर कायस सारी बात समझ गया। क्रोध से उसकी आँखें लाल हो गईं। उसने आव देखा न ताव और लगा संदेशवाहक की पिटाई करने।

संदेशवाहक सहायता के लिए चिल्लाने लगा। रीगन को सारी बात पता चली तो उसने सैनिक भेजकर कायस को बंदी बना लिया। इतने में राजा लियर का काफिला द्वार तक आ पहुँचा था।

मुख्य द्वार से प्रवेश करते ही उनकी नजर सबसे पहले कायस पर पड़ी, जो जंजीरों से जकड़ा जमीन पर पड़ा था। यह दृश्य देखकर लियर आश्चर्यचकित रह गया। वह तो भव्य स्वागत की उम्मीद लिये आया था, परंतु यहाँ तो सबकुछ बदला हुआ था। द्वार पर एक सेवक तक उपस्थित नहीं था। उसने द्वारपाल से राजकुमारी के बारे में पूछा।

द्वारपाल बोला, "महाराज, इस समय राजकुमारी आराम कर रही हैं। उनसे मिलने के लिए आपको सुबह तक प्रतीक्षा करनी होगी। इससे पहले उनसे मुलाकात संभव नहीं है।"

"द्वारपाल! जाओ, जाकर राजकुमारी से कहो कि उनके पिता महाराज लियर आए हैं।" लियर क्रोध में भरकर चिंघाड़ा।

"क्षमा कीजिए! इस समय आप महाराज नहीं, एक आश्रित हैं। और फिर राजकुमारी ने ही आदेश दिया है कि कोई भी उनके आराम में विघ्न न डाले। आज वे किसी से भी मिलना नहीं चाहती हैं।"

अभी ये बातें चल ही रही थीं कि तभी लियर को गोनरिल दिखाई दी, जो एक अन्य प्रवेश द्वार से महल में प्रविष्ट हो रही थी। उसके स्वागत के लिए वहाँ रीगन भी थी। यह देखकर लियर दुःख और क्रोध से भरकर बोला,

"गोनरिल, तुम्हें अपने पिता के सम्मान की कोई चिंता नहीं, जो तुम यहाँ भी मुझे दुःख देने के लिए आ गई हो!"

रीगन प्रत्युत्तर देते हुए बोली, "पिताजी, गोनरिल ने ऐसा कोई भी काम नहीं किया है जिससे आपके मान-सम्मान को ठेस पहुँचे। यह मन से आपकी सेवा कर रही थी, परंतु आपने इसका अनुचित लाभ उठाया। मनमाना और हठपूर्ण व्यवहार करके आपने गोनरिल को कई बार अपमानित किया है। इसलिए आप इससे क्षमा माँग लें और भविष्य में इसके कहे अनुसार कार्य करने की प्रतिज्ञा करें। इसी में आपकी भलाई है।"

लियर को जैसे किसी ने शिला के समान बना दिया हो। वह अपने स्थान पर जड़ हो गया। उसके मुख से केवल इतना निकला—"और अगर मैं तुम्हारे साथ रहना चाहूँ तो मुझे क्या करना होगा, रीगन?"

रीगन कठोर स्वर में बोली, "तब आपको मेरी आज्ञा का पालन करना होगा। मैं जैसा कहूँगी वैसा करना होगा। आपके सभी अनुचित खर्चे बंद हो जाएँगे; इन एक सौ अमीर भिखमंगों को यहाँ से जाना होगा।"

इसके बाद रीगन ने कायस को बंधनमुक्त कर दिया।

लियर की आँखों के आगे अँधेरा छा गया। जिन बेटियों को उसने अपने प्राणों से बढ़कर प्यार किया था, जिन बेटियों ने पिता के लिए अपना सबकुछ न्योछावर कर देने की कसमें खाई थीं, आज वही बेटियाँ उसके साथ एक दास की तरह व्यवहार कर रही हैं। लियर लड़खड़ाकर जमीन पर गिर पड़ा। तभी उसे तीसरी पुत्री कॉर्डिलिया का स्मरण हो आया। वह बड़बड़ाते हुए बोला, "बेटी कॉर्डिलिया! कुटिल लोगों के वाग्जाल में फँसकर मैंने तुम्हारे साथ घोर अन्याय किया है, तुम्हारे मन को कठोर आघात पहुँचाया है। जानता हूँ, इसके लिए तुम मुझे कभी क्षमा नहीं करोगी। हे भगवान्! मैंने यह क्या अनर्थ कर दिया। जो पुत्री मुझे सबसे अधिक प्रेम करती थी, जो मेरी खुशी के लिए कुछ भी करने को तत्पर रहती थी, जिसकी कोमल और मधुर वाणी मेरे सारे दुःखों का हरणकर लेती थी, मैंने उसी को अपने से दूर कर दिया। मुझसे दूर जाते समय उसकी आँखों में कितना दर्द और वेदना थी। और मैं उसके प्रेम को पहचान न सका। प्रभु, उसे दंडित करते समय मैंने जरा भी दया नहीं दिखाई। शायद उसी का फल है कि आज मैं बिलकुल निःसहाय हो गया हूँ; मेरी यह दशा हो गई है। काश, एक बार मैं कॉर्डिलिया से मिल सकता, उसके पैरों में गिरकर अपने अपराधों की क्षमा माँग सकता।"

अभी लियर विलाप कर रहा था कि सहसा आकाश में घटाएँ घिर आईं,

चारों ओर घनघोर अँधेरा छा गया। देखते-ही-देखते बिजली कड़कने लगी, बादल गरजने लगे और मूसला धार वर्षा होने लगी। गोनरिल को साथ लेकर रीगन महल के अंदर चली गई। आसपास के सैनिक भी इधर-उधर दुबक गए, पशु-पक्षी भी अपने-अपने स्थानों पर जा छिपे। लेकिन लियर खुले आकाश के नीचे खड़ा रहा। तेज वर्षा ने उसे सिर से पैर तक भिगो दिया।

जिस पर छत्र करने के लिए हर कोई उतावला रहता था, वही लियर आज एक भिखारी की तरह खुले आकाश के नीचे खड़ा था। हर किसी ने उसकी ओर से मुँह फेर लिया था। उसकी बेटियाँ, जिन्हें वह सबसे अधिक प्रेम करता था, उससे विमुख हो गई थीं।

कहते हैं, शोक जब अपनी सीमाएँ तोड़ता है तो मनुष्य की विवेक शक्ति नष्ट कर देता है। कुछ ऐसा ही लियर के साथ हुआ। वह पागलों की तरह चिल्लाने लगा, ''आओ, आओ आँधियो! आओ तूफान! सबको अपने आगोश में ले लो। अपनी प्रचंड शक्ति से सबकुछ छिन्न-भिन्न कर दो, सबकुछ नष्ट-भ्रष्ट कर दो। ऐसी प्रलय ले आओ कि सारे पाप तुम में समा जाएँ। संपूर्ण सृष्टि का नाश हो जाए!''

इसके बाद लियर चीखते हुए वहाँ से भागा और दूर अँधियारे में जाकर खो गया। उसे सँभालने के लिए कायस और हँसोड़ भी पीछे दौड़े।

लियर को कुछ होश न था; वह पागलों की तरह दौड़ा जा रहा था। भागते-भागते वह घने जंगल में जा पहुँचा। आखिरकार कायस ने उसे पकड़ लिया और पास की एक गुफा में ले आया। लियर लगातार बड़बड़ाता जा रहा था। उसकी यह दशा देखकर कायस और हँसोड़ की आँखें भर आईं। वह समझ गया कि पुत्रियों के स्वार्थयुक्त व्यवहार ने लियर को पागल बना दिया है। उसने मन-ही-मन उन्हें सबक सिखाने का निश्चय कर लिया।

अगले दिन राजा को हँसोड़ के पास छोड़कर वह नगर की ओर चल पड़ा। वहाँ उसने उन लोगों को एकत्रित किया, जो लियर के पुराने वफादार साथी थे। वे उसके लिए अपनी जान देने को तत्पर रहते थे। कायस उन्हें लेकर गुफा में लौट आया।

जंगल में डोबर नामक एक पुराना किला था। कायस ने लियर सहित सभी लोगों को उस किले में पहुँचा दिया। तत्पश्चात् वह कॉर्डेलिया से मिलने फ्रांस चला गया। वहाँ उसने कॉर्डेलिया और उसके पति को राजा लियर के साथ घटी सभी घटनाओं के बारे में विस्तार से बताया। साथ ही उसने गोनरिल और रीगन के दुर्व्यवहार की भी आलोचना की।

पिता की दुर्दशा के बारे में सुनकर कॉर्डिलिया की आँखों में आँसू भर आए। एक राजा की ऐसी दुर्गति होगी, उसने यह कल्पना तक नहीं की थी। जहाँ एक ओर उसके मन में पिता के लिए प्रेम का सागर उमड़ रहा था, वहीं दूसरी ओर बहनों के लिए क्रोध का ज्वालामुखी धधकने लगा। उसने पति की आज्ञा ली और विशाल सेना लेकर चल पड़ी। वह अतिशीघ्र पिता के पास पहुँच जाना चाहती थी।

एक दिन लियर सबकी नजरों से छिपकर किले से बाहर निकल आया और वन में भटकने लगा। कॉर्डिलिया जब डोबर किले के पास पहुँची तो मार्ग में उसे लियर दिखाई दिया। उसने घास का मुकुट सिर पर लगा रखा था और ऊँची आवाज में चीख रहा था, "मैं इस देश का राजा हूँ। मुझसे डरो मत।"

पिता को इस हालत में देखकर कॉर्डिलिया के मन पर तीर चलने लगे। वह दौड़कर पिता के गले लग गई। लेकिन विवेकहीन लियर ने उसे नहीं पहचाना। कॉर्डिलिया ने अपने साथ आए वैद्यों को पिता के उपचार में लगा दिया। दवाओं के असर और कॉर्डिलिया के स्नेह के कारण कुछ ही दिनों में लियर का विवेक लौट आया।

उसने जब उसे सामने देखा तो उसके गले लगकर फूट-फूटकर रो पड़ा। कॉर्डिलिया पिता को सांत्वना देने लगी। पिता-पुत्री के इस भावुक मिलन को देखकर उपस्थित लोगों के मन भर आए।

इधर, एक नया विवाद खड़ा हो गया था। इंग्लैंड के पड़ोसी देश का राजा एडमंड बड़ा क्रूर, विलासी, कामुक, कुटिल, चालाक और लोभी प्रवृत्ति का था। पिता के देहांत के बाद उसने अपने बड़े भाई की हत्या कर दी और स्वयं को राजा घोषित कर दिया। वह अत्यंत सुंदर था। गोनरिल और रीगन उसकी सुंदरता के बारे में अनेक बार सुन चुकी थीं।

दोनों बहनों को कॉर्डिलिया के सेना सहित आने की सूचना मिल चुकी थी। अतः उसका सामना करने के लिए उन्होंने ग्लोसेस्टर के नेतृत्व में विशाल सेना डोबर किले की ओर भेज दी। इसी बीच रीगन के पति कार्नवाल का देहांत हो गया। वह पहले से एडमंड पर मोहित थी, इसलिए उसने उसके पास विवाह का प्रस्ताव भेजा।

गोनरिल को जब इस बात का पता चला तो वह ईर्ष्या से भर उठी। वह स्वयं भी एडमंड से विवाह करना चाहती थी। इसके कारण उसने अपने पति को भी ठुकरा दिया था। परंतु इससे पहले कि वह इस उद्देश्य में सफल हो पाती, उससे पूर्व रीगन ने उसके मार्ग को बाधित कर दिया था। अतः उसने रीगन

को हमेशा के लिए समाप्त करने का निश्चय कर लिया।

एक दिन उसने रीगन को भोजन के लिए आमंत्रित किया और विष देकर उसे मार डाला। गोनरिल के पति को जब सारे षड्यंत्र के बारे में पता चला तो उसने गोनरिल को बंदी बनाकर कारागार में डलवा दिया। आत्मग्लानि से वह छटपटाने लगी और एक दिन उसने भी फाँसी लगाकर आत्महत्या कर ली।

इस प्रकार दोनों बहनों को अपने किए की सजा मिल गई। उन्होंने तड़प-तड़पकर प्राण त्यागे।

उधर, ग्लोसेस्टर का सामना करने के लिए कॉर्डिलिया सेना सहित रणभूमि में आ डटी। दोनों के बीच भयंकर युद्ध छिड़ गया। कभी ग्लोसेस्टर का पलड़ा भारी होता तो कभी कॉर्डिलिया का पक्ष मजबूत हो जाता।

अंत में ग्लोसेस्टर की मक्कारी और धूर्तता के आगे वह परास्त हो गई। उसने षड्यंत्र रचकर रात को सोते हुए उसे घेर लिया। कॉर्डिलिया ने डटकर मुकाबला किया। लेकिन अंततः ग्लोसेस्टर की तलवार ने उसके प्राण हर लिये।

लियर को जब कॉर्डिलिया के बलिदान के बारे में पता चला तो उसकी आँखें पथरा गईं। उसे गोनरिल और रीगन की मृत्यु का कोई दुःख नहीं था। परंतु कॉर्डिलिया की मृत्यु के सदमे ने उसके मन के असंख्य टुकड़े कर दिए। उसने कॉर्डिलिया को पुकारते हुए उसी क्षण प्राण त्याग दिए।

पिता-पुत्री के इस अनन्य स्नेह को देखते हुए दोनों की अंत्येष्टि एक साथ, एक ही स्थान पर की गई।

❑

वेनिस का व्यापारी

शाइलॉक वेनिस नगर का एक धनी व्यक्ति था। सूदखोरी उसका मुख्य कार्य था। वह लोगों से मनमाना ब्याज वसूलता था। इस धंधे में उससे बढ़कर जालिम और अन्यायी दूसरा कोई नहीं था। वह व्यक्ति की जरूरत देखकर ब्याज निर्धारित करता था। उसका उसूल था कि जितना ब्याज निर्धारित कर दिया, उसमें फिर किसी प्रकार की नरमी नहीं। इसी क्रूरतापूर्ण व्यवहार के कारण वह वेनिस नगर में बदनाम था। लोग पीठ पीछे तो उसकी बुराई करते ही थे, मुँह पर भी खरी-खोटी सुनाने से पीछे नहीं हटते थे। शाइलॉक यहूदी था, इसलिए भी वेनिसवासी उससे घृणा करते थे।

लेकिन इतना कुछ होने पर भी शाइलॉक लोगों की परवाह नहीं करता था। उसका कहना था कि वह किसी को घर से बुलाकर कर्ज नहीं देता। लोग स्वयं आकर उससे उधार लेते हैं। और फिर जरूरतमंदों की सहायता करने तथा वक्त-बेवक्त उनके काम आने के बदले कुछ ब्याज वसूलने में क्या बुराई है?

वेनिस में एंटोनियो नामक एक ईसाई व्यापारी भी रहता था। लोग उसका बड़ा सम्मान करते थे। ईसाई होने के कारण एंटोनियो को सूदखोरी से घृणा थी और वह उससे दूर ही रहता था। यही कारण था कि वह शाइलॉक को इतना नापसंद करता था कि उसके मुँह पर ही उसे कठोर शब्द कह देता था।

शाइलॉक की तरह एंटोनियो भी लोगों को उधार दिया करता था, किंतु इसके बदले वह किसी से ब्याज नहीं लेता था। उसका यह कार्य केवल परोपकार और मुसीबत में फँसे लोगों की सहायता के लिए था। इसी कारण शाइलॉक उससे ईर्ष्या करता था और उसे सबक सिखाने के लिए उचित अवसर की प्रतीक्षा कर रहा था।

एंटोनियो का बेसैनियो नामक एक विश्वस्त मित्र था। एक बार वह एंटोनियो से मिलने आया। दोनों मित्र बहुत लंबे अंतराल के बाद मिल रहे थे। एंटोनियो ने उसे गले से लगा लिया और उसका भरपूर स्वागत किया। इसके बाद

उसके आने का कारण पूछा।

बेसैनियो दुःखी स्वर में बोला, ''मित्र, वेनिस नगर से कुछ दूरी पर एक टापू है। वहाँ एक धनी व्यापारी रहता है। उसकी पार्शिया नामक एक बेटी है। मैं बचपन से ही उस व्यापारी को जानता हूँ। उसके घर पार्शिया से मेरी मुलाकात हुई और धीरे-धीरे पार्शिया एवं मैं परस्पर प्रेम करने लगे। कुछ ही दिन पूर्व उस व्यापारी की मृत्यु हो गई। अब हम दोनों विवाह करना चाहते हैं; लेकिन एक अड़चन है।''

''कैसी अड़चन, मित्र? मुझे ठीक प्रकार से बताओ।'' एंटोनियो ने उत्सुक होकर पूछा।

''मित्र, मृत्यु से पूर्व व्यापारी ने अपनी सारी संपत्ति पार्शिया के नाम कर दी थी। अब पार्शिया ही उस संपत्ति की एकमात्र वारिस है। वह भारी संपत्ति की स्वामिनी है; उसके पास धन का भंडार है। उसकी तुलना में मैं एक फटेहाल और निर्धन व्यक्ति हूँ। ऐसी स्थिति में उसे पत्नी बनाने के बारे में सोचना भी मेरे लिए तारे तोड़ने के बराबर है। लेकिन मैं उससे इतना प्रेम करता हूँ कि अलग जीने की कल्पना भी नहीं कर सकता। इसलिए मैं तुम्हारे पास आया हूँ। यदि तुम कुछ धन उधार दे सको तो मैं सम्मानपूर्वक पार्शिया से विवाह कर सकता हूँ।'' बेसैनियो ने अपने दिल की बात बताई।

एंटोनियो उसका हाथ अपने हाथों में लेते हुए बोला, ''मित्र, तुम सिर्फ इतनी-सी बात के लिए परेशान हो रहे हो? मेरे होते तुम्हें चिंता की कोई जरूरत नहीं है। बताओ, तुम्हें कितने धन की आवश्यकता है? मैं तुम्हारी हरसंभव सहायता करूँगा।''

''कम-से-कम तीन हजार दुकैत।'' बेसैनियो ने अटकते हुए कहा।

''तीन हजार दुकैत!'' एंटोनियो गहरी सोच में पड़ गया। यह धनराशि उसके लिए कोई बड़ी बात नहीं थी, परंतु इस समय उसके पास सिर्फ पाँच सौ दुकैत ही थे। उसका सारा धन व्यापार में लगा हुआ था। लेकिन वह बेसैनियो की सहायता करना चाहता था, अतः उसने शाइलॉक से धन उधार लेने का निश्चय कर लिया। वह उसी समय बेसैनियो को लेकर शाइलॉक के पास गया।

शाइलॉक की अनुभवी आँखें देखते ही पहचान गईं कि एंटोनियो उसके पास किस काम से आया है। इस अवसर की उसे वर्षों से प्रतीक्षा थी। उसकी प्रसन्नता का कोई ठिकाना न रहा। वह चेहरे पर कुटिल मुसकान लाते हुए बोला, ''कहो एंटोनियो, आज इधर का रास्ता कैसे भूल गए?''

''शाइलॉक, मुझे इसी समय तीन हजार दुकैत की आवश्यकता है।''

शाइलॉक हँसते हुए बोला, "एंटोनियो, तुमने हमेशा मेरा विरोध किया है, बार-बार लोगों के बीच मेरा अपमान किया है, मुझे अपशब्द कहे हैं। परंतु इस समय तुम मेरे पास सहायता के लिए आए हो, इसलिए मैं तुम्हें उधार अवश्य दूँगा। ब्याज से तुम्हें घृणा है, अतः मैं तुम्हें बिना ब्याज के उधार दूँगा। परंतु मेरी एक शर्त है।"

"शर्त! क्या शर्त?"

"यदि तुमने मेरा ऋण निर्धारित समय के अंदर नहीं चुकाया तो मैं तुम्हारे शरीर के किसी भी भाग से डेढ़ सेर मांस काटकर निकाल लूँगा।"

एंटोनियो आश्चर्यचकित रह गया। शाइलॉक ने बड़ी विचित्र शर्त रखी थी। परंतु उसे विश्वास था कि माल से भरे उसके जहाज शीघ्र वेनिस पहुँच जाएँगे और वह तीन महीने से पूर्व ही सारा ऋण चुका देगा। अतः उसने शर्त स्वीकार कर ली। शाइलॉक ने उसी समय शपथ-पत्र तैयार करवाया, उस पर एंटोनियो के हस्ताक्षर करवाए और उसे तीन हजार दुकैत दे दिए।

एंटोनियो ने सारा धन बेसैनियो को सौंप दिया और मुसकराते हुए बोला, "मित्र, तुम जल्दी से जाकर पार्शिया के साथ विवाह कर लो। अब तुम्हारे विवाह में कोई अड़चन नहीं आएगी।"

बेसैनियो सारे घटनाक्रम को देख रहा था। उसकी आँखों में आँसू छलक आए, बोला, "मित्र, मैं तुम्हारे जीवन को दाँव पर लगाकर विवाह नहीं कर सकता।"

एंटोनियो उसे समझाते हुए बोला, "मेरी चिंता मत करो, बेसैनियो! मेरे जहाज तीन महीने से पूर्व ही लौट आएँगे और मैं शाइलॉक का सारा ऋण चुका दूँगा। तुम पार्शिया के साथ खुशी-खुशी विवाह करो।"

इस प्रकार, उसने समझा-बुझाकर बेसैनियो को विदा किया।

कुछ दिनों बाद बेसैनियो ने पार्शिया के साथ विवाह कर लिया। फिर दोनों एक-दूसरे के प्रेम में खो गए और प्रसन्नतापूर्वक जीवन व्यतीत करने लगे।

एक दिन पार्शिया और बेसैनियो एकांत में बैठे प्रेम भरी बातें कर रहे थे, तभी एक सेवक वहाँ आया और बेसैनियो को एक पत्र थमा दिया।

बेसैनियो ने उसे खोला। लिखा था—

'प्रिय मित्र बेसैनियो! तुम्हारे सुखद पलों में बाधा डालने के लिए मुझे क्षमा करना। पार्शिया से भी मेरी ओर से क्षमा माँग लेना। मित्र, मैं तुम्हें एक दुःखद समाचार देना चाहता हूँ। माल से भरे जिन जहाजों के बल पर मैंने ऋण लिया था, वे समुद्र में कहीं लापता हो गए हैं। अब उनके लौटने या

मिलने की उम्मीद नहीं है। शाइलॉक को धन लौटाने की समय-सीमा पास आ रही है। समय समाप्त होने तक यदि मैंने ऋण नहीं लौटाया तो मेरे साथ क्या होगा, इसके बारे में तुम भली-भाँति जानते हो। परंतु मित्र, दुनिया से विदा होने से पूर्व मैं तुम्हें देखना चाहता हूँ। यही मेरी आखिरी इच्छा है। मैं बड़ी व्याकुलता से तुम्हारी प्रतीक्षा करूँगा। संभव हो तो तुम जरूर आना।

तुम्हारा मित्र
एंटोनियो'

पत्र पढ़ते ही बेसैनियो स्तब्ध रह गया। पत्र हाथों से छूटकर नीचे गिर गया, आँखों से आँसू बहने लगे। उसकी यह दशा देखकर पार्शिया भयभीत हो गई। उसने पत्र उठाकर शीघ्रता से पढ़ डाला। परंतु उसे कुछ भी समझ न आया। उसने प्रश्नसूचक नेत्रों से बेसैनियो की ओर देखा।

तब बेसैनियो ने उसे शुरू से लेकर अंत तक सारी बात बताई और रोते हुए बोला, ''मेरे कारण एंटोनियो के प्राण संकट में पड़े हैं। आज उसे मेरी सहायता की आवश्यकता है। उसकी रक्षा के लिए मुझे इसी समय वेनिस जाना होगा।''

एंटोनियो की दरियादिली के बारे में सुनकर पार्शिया की आँखें भी छलक उठीं। वह बेसैनियो से बोली, ''दुनिया में ऐसे व्यक्ति कम ही होते हैं, जो मित्रता के लिए अपनी जान तक कुर्बान कर देते हैं। आपको अपने मित्र की प्राणरक्षा अवश्य करनी चाहिए। ऐसे सच्चे मित्र जीवन की अमूल्य निधि होते हैं। आप इसी समय वेनिस के लिए रवाना हो जाएँ। मैं उनकी कुशलता के लिए ईश्वर से प्रार्थना करूँगी।''

बेसैनियो उसी समय वेनिस की ओर चल पड़ा।

पार्शिया जितनी सुंदर थी उतनी ही बुद्धिमान और सूझ-बूझवाली युवती भी थी। बेसैनियो के जाने के बाद वह अपनी नौकरानी को साथ लेकर घोड़े पर सवार होकर वेनिस की ओर चल दी। उस समय दोनों ने पुरुष-वेश धारण कर रखा था।

उधर, वेनिस की कचहरी में शाइलॉक और एंटोनियो उपस्थित थे। इस तरह का अनोखा मुकदमा न तो किसी ने पहले कभी सुना था और न ही देखा था। इसलिए मानो पूरा वेनिस नगर ही कचहरी में उमड़ा पड़ा था। चारों ओर शोर-शराबा और सनसनी फैली हुई थी। मुजरिम के कठघरे में एंटोनियो सिर झुकाए खड़ा था, जबकि शाइलॉक एक हाथ में शपथ-पत्र और दूसरे हाथ में

चाकू लिए खूँखार निगाहों से उसे घूर रहा था। एंटोनियो के पास ही अपराध-बोध से गड़ा बेसैनियो खड़ा था।

अभी न्यायाधीश की प्रतीक्षा हो रही थी कि तभी कचहरी में दो सुंदर युवकों ने प्रवेश किया। उनमें से एक युवक ने एक पत्र निकालकर अदालत के एक अधिकारी को सौंप दिया।

अधिकारी पत्र खोलकर पढ़ने लगा। पत्र में लिखा था—

'माननीय अधिकारी गण,

मुझे खेद है कि अस्वस्थता के कारण आज मैं कचहरी में उपस्थित नहीं हो सकता। इसलिए अपने स्थान पर मैं एक होनहार युवक को न्यायाधीश के रूप में भेज रहा हूँ। यह युवक आयु में छोटा अवश्य है, लेकिन बुद्धिमत्ता और न्यायप्रियता में मेरे समान है। मुझे पूरा विश्वास है कि यह इस अनोखे और विवादित मुकदमे का निर्णय बड़ी कुशलता के साथ करेगा। आशा है, आप लोग इसे न्यायाधीश के रूप में स्वीकार करेंगे।

हस्ताक्षर

सत्र न्यायाधीश'

उपस्थित सभी अधिकारियों ने युवक को उस मुकदमे का न्यायाधीश स्वीकार कर लिया। यह युवक कोई और नहीं, पार्शिया ही थी, जो अपनी दासी के साथ वहाँ आई थी।

मुकदमे की कार्यवाही आरंभ हुई। पार्शिया ने शपथ-पत्र पढ़ा और शाइलॉक से बोली, "इस शपथ-पत्र के अनुसार एंटोनियो को तीन महीने के अंदर तुम्हारा ऋण चुकाना था। लेकिन वह इसमें असफल रहा। इसलिए तुम्हें शपथ-पत्र की शर्तों के पालन का पूरा अधिकार है।"

न्यायाधीश की बात सुनकर शाइलॉक की प्रसन्नता की कोई सीमा न रही। उसने टोपी उतारी और सिर झुकाते हुए बोला, "आप मनुष्य के रूप में साक्षात् धर्मराज हैं, जो इस मुकदमे का निर्णय करने के लिए पृथ्वी पर उतरे हैं। आपने सही निर्णय लेकर अपनी न्यायप्रियता को सिद्ध किया है।"

तभी पार्शिया उसकी बात काटते हुए बोली, "शाइलॉक, एंटोनियो ऋण लौटाने में असफल रहा है। इसलिए शर्त के अनुसार तुम उसके शरीर के किसी भी भाग से डेढ़ सेर मांस काट सकते हो। लेकिन…"

"लेकिन… लेकिन क्या?" शाइलॉक ने खुशी से अनियंत्रित होते हुए पूछा।

"शाइलॉक दया सबसे बढ़कर है। कानून भी दया के सामने नतमस्तक

है। यदि तुम इनसानियत को मानते हो और दयालु हो तो एंटोनियो को क्षमा कर दो। इसके बदले तुम जितना चाहो उतना धन तुम्हें मिल सकता है।''

शाइलॉक महीनों से इस दिन की प्रतीक्षा में था। वह एंटोनियो से गिन-गिनकर बदले लेना चाहता था। इसलिए गरजते हुए बोला, ''महोदय, मुझे धन नहीं, न्याय चाहिए।''

चारों ओर सन्नाटा छा गया। उपस्थित लोग स्तब्ध थे। किसी ने भी शाइलॉक से ऐसे व्यवहार की अपेक्षा नहीं की थी। सब उसके प्रति घृणा और क्रोध से भर गए।

''ठीक है शाइलॉक, तुम्हें न्याय अवश्य मिलेगा। तुम एंटोनियो के शरीर से डेढ़ सेर मांस काट सकते हो।'' न्यायाधीश ने अपना निर्णय सुना दिया।

बेसैनियो दौड़कर एंटोनियो के गले से लग गया और रोते हुए बोला, ''मित्र, मेरे ही कारण आज तुम्हारी यह दुर्गति हो रही है। इसके लिए मैं अपने आपको कभी क्षमा नहीं कर सकता।''

एंटोनियो उसे समझाते हुए बोला, ''नहीं मित्र, इसमें तुम्हारा कोई दोष नहीं है। सब भाग्य का खेल है। और फिर, तुम्हारे लिए प्राण देकर मुझे असीम खुशी मिलेगी।''

यह कहकर उसने बेसैनियो को गले से लगा लिया। दोनों मित्रों का यह प्रेम देखकर सबकी आँखें छलक आईं, मन में दुःख और संवेदना का सागर उमड़ आया। इस दृश्य ने पत्थरदिल लोगों को भी पिघला दिया।

इस बीच शाइलॉक चाकू लेकर एंटोनिया की ओर बढ़ा। जैसे ही वह उसपर वार करने को हुआ, न्यायाधीश की कठोर आवाज गूँजी—''सावधान शाइलॉक! शपथ-पत्र में सिर्फ मांस काटने का उल्लेख है। इसलिए ध्यान रखना, यदि मांस काटते समय एंटोनियो के शरीर से खून की एक भी बूँद गिरी तो तुम्हें फाँसी पर लटका दिया जाएगा!''

शाइलॉक का हाथ जहाँ-का-तहाँ रुक गया। वह आँखें फाड़-फाड़कर न्यायाधीश को देखने लगा।

''ऐसे क्या देख रहे हो, शाइलॉक? अपना काम पूरा करो।'' पार्शिया ने कठोर स्वर में कहा।

'खून के गिरते ही मुझे फाँसी पर लटका दिया जाएगा', यह बात सोचकर शाइलॉक के पसीने छूटने लगे। उसने चाकू एक ओर फेंक दिया और गिड़गिड़ाते हुए बोला, ''मी लॉर्ड! मैं एंटोनियो को छोड़ता हूँ। इसके बदले मुझे मेरा धन लौटा दिया जाए।''

पार्शिया पुनः बोली, ''शाइलॉक, मैंने तुम्हें एक अवसर दिया था; किंतु तुम्हें धन नहीं, एंटोनियो का मांस चाहिए था। इसलिए अब इस निर्णय को बदला नहीं जा सकता। चाकू उठाओ और बिना खून गिराए मांस काट लो। अगर तुमने अदालत का निर्णय मानने से इनकार किया तो तुम्हारी सारी संपत्ति जब्त कर ली जाएगी।''

''मुझ पर दया करें, रहम करें! मैं बरबाद हो जाऊँगा।'' शाइलॉक गिड़गिड़ाते हुए घुटनों के बल बैठ गया।

''जो दया करना नहीं जानता, जिसके लिए इनसानियत का कोई मूल्य नहीं है, उसे दया की भीख कभी नहीं मिल सकती। परंतु अगर एंटोनियो चाहे तो तुम्हें क्षमा किया जा सकता है।''

शाइलॉक ने एंटोनियो की ओर देखा और हाथ जोड़कर क्षमा माँगने लगा।

तब एंटोनियो बोला, ''मैं इसके सभी अपराध क्षमा करता हूँ। परंतु इसकी संपत्ति जब्त करके इसकी बेटी को सौंप दी जाए, जिसे इसने घर से निकाल दिया है। यदि इसे यह शर्त स्वीकार हो तो इसे क्षमा कर दिया जाए।''

शाइलॉक ने सिर झुकाकर सहमति दे दी। फिर एंटोनियो को मुक्त कर दिया गया। बेसैनियो ने प्रसन्नता से भरकर एंटोनिया को गले से लगा लिया। लेकिन अभी वह न्यायाधीश बनी पार्शिया को नहीं पहचान सका था। वह उसके पास गया और तीन हजार दुकैत स्वीकार करने की प्रार्थना की।

लेकिन पार्शिया ने धन के बदले बेसैनियो से उसकी अँगूठी माँग ली। वह अँगूठी पार्शिया ने उसे प्रेम-स्वरूप दी थी। इसलिए उसे यह प्राणों से भी अधिक प्रिय थी। परंतु मित्र की जान बचाने की खुशी में उसने वह अँगूठी उसे दे दी। इसके बाद पार्शिया नौकरानी के साथ अपने घर की ओर चल दी।

कुछ दिनों बाद बेसैनियो और एंटोनियो भी टापू पर पहुँचे। वहाँ पार्शिया ने बेसैनियो से अँगूठी के बारे में पूछा। वह घबरा गया। तब पार्शिया ने मुसकराते हुए अँगूठी बेसैनियो के हाथ में रख दी। अँगूठी देखकर दोनों मित्र आश्चर्यचकित रह गए। तब पार्शिया ने उन्हें बताया कि किस प्रकार उसने पुरुष वेश बनाकर मुकदमे की पैरवी की थी।

तभी एंटोनियो के एक नौकर ने आकर खबर दी, ''मालिक, आपके सभी जहाज मिल गए हैं।''

इस प्रकार शुभ समाचारों से चारों ओर खुशियाँ बिखर गईं।

❑

आधी रात का स्वप्न

एथेंस नगर में एक सनकी राजा राज्य करता था। उसका स्वभाव बड़ा विचित्र था। यही कारण था कि उसके राज्य के नियम-कानून भी बड़े विचित्र थे। उसके राज्य में यह कानून था कि युवा होने पर कोई भी लड़की कुँवारी नहीं रहेगी। उसे उसके पिता की पसंद के लड़के के साथ विवाह करना होगा। पिता उसका विवाह जिसके साथ चाहे कर सकता था। लड़की की इच्छा या अनिच्छा का कोई महत्त्व नहीं था। जो लड़की इस कानून को मानने से इनकार करेगी या इसका उल्लंघन करेगी, उसे फाँसी पर लटका दिया जाएगा।

मृत्यु के भय से अनेक लड़कियों ने पिता की पसंद के लड़कों के साथ खुशी-खुशी विवाह कर लिये। लेकिन कुछ लड़कियाँ ऐसी भी थीं, जिन्होंने इस प्रकार विवाह करने से इनकार कर दिया। उनकी प्राणरक्षा के लिए पिता ने कोई शिकायत नहीं की। उन्होंने पुत्रियों की पसंद को अपनी पसंद बना लिया।

परंतु एक दिन दरबार में एक ऐसा व्यक्ति उपस्थित हुआ, जो राजा के पास अपनी पुत्री की शिकायत लेकर आया था। उसने राजा को प्रणाम किया और गुहार लगाते हुए बोला, ''महाराज, मेरी एक पुत्री है हर्मिया। मैंने बड़े लाड़-प्यार से उसका पालन-पोषण किया है। अब वह विवाह योग्य हो गई है। मैंने उसके लिए डिमिट्रियस नामक एक युवक का चयन किया था, परंतु उसने मेरी पसंद को ठुकरा दिया। वह लाइसेंडर नामक युवक से प्रेम करती है और उसी के साथ विवाह करना चाहती है। इसलिए आप उसे दंडित करें, जिससे मेरे मन को शांति मिल सके।''

राजा ने हर्मिया को बुलवाया। सैनिक उसे दरबार में ले आए। राजा ने पूछा, ''हर्मिया, तुम्हारे पिता ने तुम्हारे विवाह के लिए एक योग्य वर का चयन किया है। फिर क्यों तुम उसे ठुकरा रही हो? क्या तुम नहीं जानतीं कि इस राज्य के कानून के अनुसार पुत्री को पिता की पसंद के युवक के साथ विवाह करना पड़ता है। यदि वह ऐसा नहीं करती तो उसे फाँसी पर लटका दिया जाता है।''

हर्मिया बोली, ''महाराज, पिताजी ने मेरे जिस युवक का चयन किया है,

वह हेलेना नामक लड़की से प्रेम करता है। जब वह मुझसे प्रेम ही नहीं करता तो मैं उसके साथ विवाह कैसे कर सकती हूँ? मैं लाइसेंडर से प्रेम करती हूँ और उसी के साथ विवाह करना चाहती हूँ। वह भी मुझसे प्रेम करता है और विवाह के लिए तैयार है। यदि उसके साथ मेरा विवाह नहीं हुआ तो मैं जीवन भर कुँवारी रहना पसंद करूँगी।''

राजा उत्तेजित हो गया, ''हर्मिया, प्रेम में अंधी होने के कारण तुम्हारी सोचने-समझने की शक्ति खत्म हो गई है। इसलिए तुम ऐसी बात कर रही हो। मैं तुम्हें तीन दिन का समय देता हूँ, डिमिट्रियस से विवाह कर लो, वरना फाँसी पर लटकने के लिए तैयार रहो।''

दरबार से निकलकर हर्मिया सीधे लाइसेंडर के पास पहुँची और उसे सारी बात बताई। वह सोच में पड़ गया। कुछ गहरे सोच-विचार के बाद आखिरकार उसे एक उपाय सूझा।

वह उछलते हुए बोला, ''हर्मिया, तुम चिंता मत करो। मुझे एक उपाय सूझा है। यदि हम उसके अनुसार चलेंगे तो शीघ्र हमारा विवाह हो जाएगा और तुम फाँसी की सजा से भी बच जाओगी।''

''सच! ऐसा क्या उपाय है, जिससे हमारा विवाह संभव हो सकता है? जल्दी बताओ, हमें क्या करना होगा?'' हर्मिया ने उत्सुकता प्रकट करते हुए पूछा।

''इस नगर की सीमा पर एक जंगल है। उसे पार करते ही दूसरे राज्य की सीमा आरंभ हो जाती है। वहाँ के नियम और कानून हमारे विवाह में बाधा नहीं डालेंगे। वहाँ मेरी एक मौसी रहती हैं। हम दोनों उन्हीं के पास चलेंगे और वहीं जाकर विवाह करेंगे।'' लाइसेंडर एक ही साँस में सब बोल गया।

''ठीक है, हम दोनों आज ही एथेंस छोड़कर वहाँ चले जाएँगे।'' हर्मिया ने स्वीकृति देकर उसकी बात पर मुहर लगा दी।

और फिर उसी रात आँखों में भविष्य के सपने सँजोए दोनों प्रेमी दूसरे राज्य की ओर चल पड़े।

संयोगवश उसी रात डिमिट्रियस भी अपनी प्रेमिका हेलेना के साथ वन-भ्रमण के लिए उस जंगल में आया हुआ था। वे जहाँ भ्रमण कर रहे थे, उससे कुछ ही दूरी पर परियों के राजा ओबेरोन का निवास था। उसकी पत्नी का नाम टिटैनिया था। उस दिन किसी बात पर रूठकर टिटैनिया कहीं चली गई थी। ओबेरोन व्याकुल होकर उसके लौटने की प्रतीक्षा में बाहर नजरें गड़ाए था।

बाहर वन-भ्रमण के दौरान हेलेना और डिमिट्रियस बहुत थक गए, इसलिए एक-दूसरे के आगे-पीछे होकर चलने लगे। ओबेरोन उन्हें देखकर सोचने

लगा कि शायद वे एक-दूसरे से रूठे हुए हैं, इसलिए कोई ऐसा उपाय करना चाहिए जिससे वे फिर एक हो जाएँ। उसने उसी समय पंक नामक परी को याद किया। परी प्रकट हुई।

वह परी बड़ी चंचल और शरारती थी। लोगों को मूर्ख बनाने और तंग करने में उसे बहुत आनंद आता था। अकसर वह ग्वालिनों के दूध के मटकों में मेढक का रूप धारण कर बैठ जाती। ग्वालिनें जब दूध पलटने के लिए मटका खोलतीं तो वह टर्राते हुए तेजी से बाहर की ओर छलाँग लगाती। तब भयभीत होकर ग्वालिनें मटके छोड़ देतीं और सारा दूध बिखर जाता। इस प्रकार शरारतों से वह सबको परेशान करती थी।

उसने ओबेरोन से पूछा कि उसे क्यों बुलाया है? वह उसे हरे रंग के द्रव्य की एक शीशी देते हुए बोला, "पंक परी, इस शीशी को सँभालकर अपने पास रखो। यह सम्मोहित करनेवाला द्रव्य है। यदि इसे किसी सोते हुए मनुष्य की दाईं आँख पर लगा दिया जाए तो जागने पर वह जिसे सबसे पहले देखेगा, उस पर मोहित हो जाएगा। पंक, इस समय डिमिट्रियस नामक एक युवक अपनी प्रेमिका हेलेना के साथ वन-भ्रमण पर है। ऐसा लगता है, किसी बात को लेकर उनमें मनमुटाव हो गया है। तुम इस द्रव्य की एक बूँद सोते हुए डिमिट्रियस की दाईं आँख पर लगा दो। जागने पर जब वह हेलेना को देखेगा तो उसके मन में प्यार का स्रोत फूट पड़ेगा। परंतु ध्यान रहे, हेलेना को इस बात का पता न चल पाए।"

"परंतु मैंने तो डिमिट्रियस को देखा नहीं है। मैं उसे कैसे पहचानूँगी?"

"उसने सुनहरे और हरे रंग के वस्त्र पहन रखे हैं। तुम उसे आसानी से पहचान लोगी। अब देर मत करो, जल्दी जाकर अपना काम पूरा करो।" ओबेरोन ने आदेश दिया।

पंक परी शीशी लेकर डिमिट्रियस को ढूँढ़ने चल पड़ी। वह उस स्थान पर पहुँच गई, जिस दिशा से लाइसेंडर और हर्मिया ने जंगल में प्रवेश किया था। थक जाने के कारण वे दोनों एक वृक्ष के नीचे सो रहे थे। लाइसेंडर ने भी सुनहरे और हरे रंग के वस्त्र पहन रखे थे। परी ने उसी को डिमिट्रियस समझकर उसकी दाईं आँख पर वशीकरण द्रव्य लगा दिया।

इधर, संयोगवश डिमिट्रियस और हेलेना एक-दूसरे से बिछड़ गए। भटकते-भटकते हेलेना भी उस स्थान पर पहुँच गई, जहाँ लाइसेंडर सो रहा था। कदमों की आहट से लाइसेंडर की नींद टूट गई और उसने उस ओर देखा जिस ओर से हेलेना आ रही थी। द्रव्य के प्रभाव के कारण वह हेलेना को देखते ही उस पर आसक्त हो गया। उसके मन में हेलेना के लिए प्रेम उमड़ आया और

उसे प्रेम भरे स्वर में पुकारने लगा।

हेलेना और लाइसेंडर एक-दूसरे को पहले से ही जानते थे। आज तक वह उसे न जाने कितने अपशब्दों से पुकारता आया था। उसकी नजर में वह एक तुच्छ और नीच युवती थी। इसलिए उसके मुँह से अपने लिए ऐसे प्रेम भरे शब्द सुनकर वह विस्मित रह गई। उसने सोचा कि लाइसेंडर उसका मजाक उड़ा रहा है। इसलिए वह उसे आवारा और बेशर्म कहकर वहाँ से चल दी।

द्रव्य का प्रभाव निरंतर बढ़ रहा था। इसके फलस्वरूप लाइसेंडर के मन में हेलेना के लिए प्यार बढ़ता जा रहा था। वह दीवानों की तरह उसके पीछे चल पड़ा।

इधर, हर्मिया की आँख खुली तो उसने इधर-उधर देखा, लाइसेंडर कहीं दिखाई नहीं दिया। जंगल में स्वयं को अकेला पाकर वह भयभीत हो गई और उसे ढूँढ़ते हुए उसी दिशा में चल पड़ी जिस ओर हेलेना व लाइसेंडर गए थे।

एक वृक्ष के पीछे छिपी पंक परी सारी घटना का भरपूर आनंद ले रही थी। हँस-हँसकर उसके पेट में बल पड़ रहे थे। सबके जाने के बाद वह ओबेरोन के पास पहुँची और अपनी हँसी पर काबू पाते हुए बोली, ''महाराज, यह द्रव्य वास्तव में बहुत चमत्कारी और प्रभावशाली है। इसके प्रभाव से हरे वस्त्रवाला युवक पास सोई हुई युवती को छोड़कर दूसरी युवती के पीछे दीवाना बना घूम रहा है। जबकि वह युवती गालियाँ देते हुए उससे दूर भाग रही है। मुझे जिंदगी में इतना आनंद कभी नहीं आया।''

ओबेरोन कुछ देर के लिए सोच में पड़ गया। फिर बोला, ''पंक परी, तुम्हारी बातों से लगता है कि इस समय वन में प्रेमियों के दो जोड़े हैं, जिन्होंने एक जैसे कपड़े पहने रखे हैं। अवश्य तुमने किसी गलत व्यक्ति की आँख पर द्रव्य लगा दिया है। मैं दो प्रेमियों को मिलाने का प्रयास कर रहा था, लेकिन लगता है कि तुमने दूसरे जोड़े को भी अलग कर दिया। अब तुम जल्दी से जाओ और दोनों जोड़ों के बीच में सुलह करवाकर आओ।''

आदेश पाते ही परी वहाँ से चली गई। इस बार वह सोते हुए डिमिट्रियस के पास पहुँची और उसकी दाईं आँख पर सम्मोहित करनेवाला द्रव्य लगा दिया।

उधर, लाइसेंडर से बचने के लिए हेलेना तेजी से उस दिशा की ओर भाग रही थी, जिधर डिमिट्रियस सोया पड़ा था। उसके पीछे दीवानों की तरह लाइसेंडर भाग रहा था और लाइसेंडर के पीछे हर्मिया थी। तीनों एक-एक कर डिमिट्रियस के पास पहुँच गए। तभी डिमिट्रियस की आँख खुली और उसने हेलेना को अपनी ओर आते देखा। वह हेलेना से प्यार करता था, लेकिन द्रव्य

के प्रभाव के कारण वह उसे और अधिक चाहने लगा। उसने बाँहें फैला दीं और दीवानों की तरह बोला, ''प्रिय, प्राणप्यारी! तुम कहाँ चली गई थीं? तुम्हारे बिना एक-एक पल काटना मुझे कितना मुश्किल लग रहा था। आओ, मेरी बाँहों में समा जाओ। मैं तुमसे बहुत प्रेम करता हूँ।''

सहसा हेलेना के कदम थम गए। आज तक उसके मुँह से उसने कभी ऐसी बातें नहीं सुनी थीं। वह आश्चर्यचकित थी। एक ओर उसे गँवार और नीच समझनेवाला लाइसेंडर दीवानों की तरह उसके पीछे आ रहा था, दूसरी ओर डिमिट्रियस असभ्य शब्द बोलते हुए उसे बाँहों में लेने के लिए पागलों की तरह आतुर था। दोनों के विपरीत व्यवहार को देखकर वह सोच में पड़ गई।

तभी उसे हर्मिया दिखाई दी। उसने सोचा कि शायद उसने उसका उपहास उड़ाने के लिए लाइसेंडर को उसके पीछे लगाया था और स्वयं पीछे-पीछे तमाशा देखने आ गई थी। यह सोचकर वह क्रोध में भर गई और उसने हर्मिया को चुटिया पकड़कर नीचे गिरा दिया। हेलेना को देखकर हर्मिया ने सोचा कि वही लाइसेंडर को बहकाकर अपने साथ ले गई थी, इसलिए वह भी गुस्से में भरकर उससे लड़ने लगी।

उधर, डिमिट्रियस ने लाइसेंडर को हेलेना के पीछे आते देखा तो गुस्से से उसका चेहरा लाल हो गया। उसने सोचा कि हेलेना को छेड़कर वह उसकी हँसी उड़ा रहा है। उसने उसे दंडित करने के लिए तलवार निकाल ली और उसे युद्ध के लिए ललकारा। लाइसेंडर भी तलवार लेकर मैदान में कूद पड़ा। हेलेना को कोई और प्यार भरे शब्दों से पुकारे, यह बात लाइसेंडर को चुभ गई। यह सब उस द्रव्य का ही प्रभाव था, जो परी ने उनकी आँखों पर लगाया था। दोनों आपस में उलझ गए।

आकाश में खड़ी पंक परी यह सारा दृश्य देख रही थी। हँस-हँसकर उसका बुरा हाल हो रहा था। ऐसी घटना उसने कभी नहीं देखी थी। वह तेजी से उड़कर राजा ओबेरोन के पास पहुँची और हँसते हुए बोली, ''चलिए महाराज, मैं आपको मुर्गों की लड़ाई दिखाती हूँ। उसे देखकर आप भी हँसते-हँसते लोट-पोट हो जाएँगे।''

''तुम इतनी हँस क्यों रही हो? और किस लड़ाई की बात कर रही हो?'' ओबेरोन ने उत्सुकतावश पूछा।

''महाराज, आपने मुझे जिन प्रेमी जोड़ों के पास भेजा था, वे आपस में बुरी तरह से झगड़ रहे हैं।'' पंक परी ने कहा।

ओबेरोन उसे डपटते हुए बोला, ''पंक, तुम्हें इस प्रकार की शरारतें शोभा

नहीं देतीं। मैंने तुम्हें प्रेमी जोड़ों में सुलह करवाने के लिए भेजा था और तुम उन्हें लड़वा आईं। अब मैं जैसा कहता हूँ, वैसा करो। दोनों युवकों में एक युवक का नाम लाइसेंडर है, जो हर्मिया से प्रेम करता है। दूसरा युवक डिमिट्रियस हेलेना का दीवाना था। लेकिन तुम्हारी गलती के कारण लाइसेंडर हर्मिया को छोड़कर हेलेना का दीवाना हो गया है। पंक, तुम जल्दी से जाओ और अदृश्य रहकर वहाँ संगीत की मधुर स्वर-लहरियाँ बिखेर दो। इससे मोहित होकर वे लड़ना छोड़ देंगे और नाचने लगेंगे। नाच-नाचकर जब वे थककर सो जाएँ, तब तुम दोनों की बाईं आँख पर दिव्य द्रव्य लगा देना। इससे वे द्रव्य के सम्मोहन से मुक्त हो जाएँगे और पहले की तरह अपनी-अपनी प्रेमिकाओं को प्यार करने लगेंगे। ध्यान रहे, इस बार कोई गलती मत करना।''

पंक परी आज्ञा का पालन करने चली गई।

इसके बाद ओबेरोन उदास मन से टिटैनिया के महल की ओर चल पड़ा। उस समय वह शाही बाग में एक झूले के ऊपर लेटी हुई थी। आस-पास दासी परियाँ लोरियाँ गाते, चँवर डुलाते हुए उसे सुलाने की कोशिश कर रही थीं। ओबेरोन ने भौंरे का रूप धरा और एक फूल के ऊपर बैठकर लोरी सुनता रहा। कुछ देर बाद टिटैनिया को नींद आ गई।

इतने में ओबेरोन को परीलोक का एक शेखचिल्ली दिखाई दिया, जो पास ही एक वृक्ष के नीचे सो रहा था। ओबेरोन को एक शरारत सूझी। उसने दिव्य द्रव्य की कुछ बूँदें टिटैनिया की दाईं आँख पर लगा दीं। फिर उसने शेखचिल्ली के सिर को गधे के सिर में बदल दिया। फिर उसने ऐसी व्यवस्था कर दी कि नींद से उठते ही टिटैनिया की नजर सबसे पहले शेखचिल्ली पर पड़े।

थोड़ी देर बाद टिटैनिया ने आँखें खोलीं और शेखचिल्ली को देखा। द्रव्य के प्रभाव के कारण वह उस पर मोहित हो गई। उसने दासियों से कहा, ''देखो, देवलोक से कितना सुंदर पुरुष यहाँ आकर सो रहा है। इसका मुख चंद्रमा की तरह चमक रहा है, कान सूर्य की किरणों जैसे सुनहरे हैं। इसे देखकर मेरे मन में प्रेम का सागर उमड़ रहा है।''

एक गधे के लिए टिटैनिया का प्रेम देखकर आसपास खड़ी दासियाँ मंद-मंद मुसकराने लगीं।

द्रव्य के प्रभाव से टिटैनिया के मन में शेखचिल्ली के लिए प्रेम बढ़ता गया। तभी वह 'ढेंचू-ढेंचू' करने लगा। टिटैनिया खुश होते हुए बोली, ''वाह! यह दिखने में जितना सुंदर है, इसकी आवाज उतनी ही मधुर है। इसने चारों ओर रस की स्वर-लहरियाँ बिखेर दी हैं। जाओ और इसे आदर सहित लेकर मेरे पास

आओ। इसे पाकर मैं स्वयं को धन्य समझूँगी।''

अभी तक तो दासियाँ इसे मजाक समझकर हँस रही थीं। लेकिन जब टिटैनिया ने गधे को लाने का हुक्म दिया तो वे आश्चर्य से भर उठीं। फिर भी रानी की आज्ञा थी, इसलिए वे गधे को सम्मानपूर्वक वहाँ ले आईं।

टिटैनिया ने आगे बढ़कर गधे को चूम लिया और उसके सिर को गोद में रखकर प्यार करने लगी। ओबेरोन ने शेखचिल्ली पर ऐसा जादू कर दिया था कि वह गधे की तरह सोचने लगा, उसी के समान व्यवहार करने लगा। इसलिए टिटैनिया ने शेखचिल्ली से भोजन के बारे में पूछा तो वह बोला, ''मुझे भोजन में हरी घास और चने की दाल चाहिए। मुझे यही पसंद है।''

दासियों ने उसके भोजन का प्रबंध कर दिया। भोजन करने के बाद शेखचिल्ली की फरमाइश पर वे उसकी पीठ खुजलाने लगीं। फिर उसे टाट के कपड़े पहनाए गए।

सब कामों से निबटकर शेखचिल्ली टिटैनिया की गोद में सिर रखकर सो गया। उसे देखकर टिटैनिया को भी नींद आ गई।

ओबेरोन अदृश्य रूप से यह सारा घटनाक्रम देख रहा था। हँसी से उसका हाल बुरा था। दोनों के सोते ही उसने शीघ्रता से रानी की बाईं आँख पर द्रव्य लगा दिया।

कुछ देर बाद जब टिटैनिया की नींद खुली तो अपनी गोद में गधे का सिर देख वह भयभीत हो गई। तभी ओबेरोन प्रकट हुआ और हँसते हुए बोला, ''यह क्या कर रही हो, रानी? मुझे छोड़कर किससे प्यार कर रही हो?''

टिटैनिया घबराकर उठ खड़ी हुई और गधे को जोर से एक लात मारी।

ओबेरोन पुनः हँसते हुए बोला, ''मेरी रानी, मेरी कसम खाकर कहो कि अब तुम मुझसे कभी नहीं रूठोगी?''

''कसम खाती हूँ कि आज के बाद मैं आपसे कभी नहीं रूठूँगी।'' टिटैनिया ने दोनों कानों को पकड़कर कहा।

इसके बाद ओबेरोन ने उन्हें सारी बात बताई, जिसे सुनकर हर कोई हँसने लगा।

इतने में पंक परी भी दोनों प्रेमी जोड़ों को लेकर वहाँ आ गई। ओबेरोन ने उन्हें अपना अतिथि बनाया। रात भर सब खान-पान और नाच-गान में डूबे रहे।

अगले दिन सब अपनी-अपनी मंजिल की ओर चल पड़े। सबको ऐसा लग रहा था मानो उन्होंने आधी रात का कोई सपना देखा हो।

❑

द टेमिंग ऑफ द श्रू

बेपतिस्ता की गिनती नगर के धनवान् व्यक्तियों में होती थी। उसकी कैथरीना नामक एक युवा पुत्री थी। परंतु अभी तक उसका विवाह नहीं हुआ था। वहीं उसके साथ की लड़कियों ने विवाह करके अपने-अपने घर सँभाल लिये थे। बेपतिस्ता हमेशा उसके विवाह की बात को लेकर चिंतित रहता था।

ऐसा नहीं है कि कैथरीना काली, भद्दी या कुरूप थी; बल्कि वह इतनी सुंदर थी कि सारे नगर में उस जैसी युवती का मिलना अत्यंत मुश्किल था। उसका चेहरा ताजे गुलाब की तरह हमेशा खिला रहता था; नीली आँखें किसी को भी मदहोश कर देने के लिए पर्याप्त थीं; वह हँसती थी तो हवा में मधुर स्वर-लहरियाँ बिखर जाती थीं; उसके होंठ कमल की पँखुड़ियों की तरह कोमल और लाल थे; काले घने बालों के बीच उसका गोरा चेहरा बादलों में छिपे चाँद की तरह दिखाई देता था; संपूर्ण देह साँचे में ढली नजर आती थी। लेकिन इतना सब होने के बाद भी आज तक कोई उससे विवाह करने को तैयार नहीं हुआ था।

ऐसा कौन सा दोष था, जिसके कारण कोई भी उससे विवाह नहीं करना चाहता था? क्यों हर युवक इस सुंदर युवती के पास आने की बजाय दूर रहना अधिक पसंद करता था?

अप्सरा-सी खूबसूरत कैथरीना का सबसे बड़ा दोष उसकी वाणी थी। उसके मुख से निकले शब्द खंजर की तरह तेज, नीम की तरह कड़वे और मिर्च की तरह तीखे होते थे। इस दोष के सामने उसका रूप-सौंदर्य, पिता की अतुल्य धन-संपदा, ऐश्वर्य—सबकुछ हीन था। सभी जानते थे कि कैथरीना के विवाह के लिए उसका पिता अपना सारा धन लुटा सकता है। लेकिन फिर भी लोग उससे विवाह को तैयार नहीं थे।

कई लोगों का मानना था कि उसे अपने रूप पर घमंड है, इसलिए उसकी वाणी इतनी कर्कश है। कुछ लोगों के विचार में यह दैवी प्रकोप था, जो उसकी

वाणी में उतर आया था। जितने मुँह उतनी बातें। जिसे देखो, वही उसके इस दोष को लेकर एक नई बात बताता था। बेपतिस्ता ऐसी बातें सुनकर मन-ही-मन खून के घूँट पिया करता था। रिश्तेदार और मित्र भी इस संबंध में उसकी सहायता करने से कतराते थे।

एक ओर बेपतिस्ता कैथरीना के विवाह को लेकर चिंतित था, वहीं अपनी छोटी बेटियों की भी चिंता सताती रहती थी। धीरे-धीरे वे भी विवाह योग्य हो रही थीं। लेकिन जब तक कैथरीना का विवाह नहीं होता, तब तक वह दूसरी बेटियों का विवाह नहीं कर सकता था। वह अकसर सोचा करता था कि उसके किस पूर्वजन्म के पाप के कारण उसके घर ऐसी कर्कशा पुत्री ने जन्म लिया है।

प्रतिदिन पूजा-पाठ करते समय वह भगवान् को पुकारते हुए दु:खी स्वर में कहता था, "हे ईश्वर! कैथरीना जैसी संतान से तू मुझे संतानहीन ही रखता। ऐसी संतान का क्या लाभ जिससे मन का सुख और चैन छिन जाए। हे ईश्वर! तूने कैथरीना को असीमित सुंदरता प्रदान की है। फिर उसे मधुर वाणी देने में कमी क्यों छोड़ दी? इसी दोष ने उसके समस्त गुण छिपा दिए हैं। हे प्रभु! कोई ऐसा चमत्कार कर दो, जिससे मेरी बेटी की आवाज मधुर हो जाए, उसके गले से शहद की मिठास टपकने लगे, तभी किसी योग्य युवक के साथ उसका विवाह हो पाएगा।"

वह इस प्रकार की प्रार्थना पिछले अनेक वर्षों से कर रहा था। अंतत: एक दिन ऐसा चमत्कार हो गया, जिसकी कल्पना किसी ने भी नहीं की थी।

सुबह-सुबह एक युवक बेपतिस्ता से मिलने आया। वह युवक बहुत सुंदर और सभ्य था। आते ही उसने बेपतिस्ता के पैर छुए और विनम्र स्वर में बोला, "श्रीमान, मैं आपकी पुत्री कैथरीना से प्रेम करता हूँ और उससे विवाह करना चाहता हूँ। क्या आप इसके लिए मुझे अनुमति देंगे?"

बेपतिस्ता स्तब्ध रह गया। उसने कभी नहीं सोचा था कि कोई युवक इस तरह आकर कैथरीना से विवाह करने की बात करेगा। उसे अपने कानों पर विश्वास नहीं हुआ। उसने सोचा कि कहीं यह युवक भूलवश तो यहाँ नहीं आ गया। क्योंकि लोगों के दृष्टिकोण को जानते-जानते वह यह समझ चुका था कि कोई भी योग्य, समझदार और सभ्य युवक कैथरीना जैसी युवती को अपने लिए कभी पसंद नहीं करेगा। इसलिए बात को स्पष्ट रूप से जानने के लिए वह बोला, "बेटे, तुम कौन हो? कहाँ से आए हो?"

"मेरा नाम पेटरुशियो है। मेरे पिता पास के शहर के एक बड़े अमीर हैं। उनकी संपत्ति का मैं एकमात्र उत्तराधिकारी हूँ। मैं आपकी सुंदर और सुशील बेटी के साथ विवाह करना चाहता हूँ। यदि आप मुझे कैथरीना के योग्य समझते हैं तो मुझे आशीर्वाद दें।"

'सुशील युवती से विवाह करना चाहता हूँ', पेटरुशियो की यह बात बार-बार बेपतिस्ता के कानों में गूँज रही थी। उसने फिर उससे प्रश्न किया, "बेटे, मैं तुम्हारी भावनाओं का सम्मान करता हूँ। कैथरीना के लिए तुम जैसा वर पाकर मुझे हार्दिक प्रसन्नता होगी। यह मेरी बेटी का सौभाग्य है कि उसे तुम ज़ैसा जीवनसाथी मिल रहा है। लेकिन क्या तुमने कैथरीना के विषय में कभी कुछ सुना है?"

पेटरुशिया बोला, "श्रीमान, मैंने कैथरीना के विषय में बहुत कुछ सुना है। लोग कहते हैं कि वह अद्वितीय सुंदरी है। उसके समान सुंदर युवती पूरे नगर में नहीं है। उसके इन्हीं गुणों ने मुझे यहाँ आने के लिए विवश कर दिया है।"

युवक की बातें सुनकर बेपतिस्ता मन-ही-मन खुश हो रहा था। परंतु उसे विश्वास था कि इसने कैथरीना के केवल रूप-सौंदर्य की प्रशंसा सुनी है, उसकी वाणी की कड़वाहट के बारे में अनजान है। वह जानता था कि एक बार जब यह कैथरीना से मिलेगा तो इसका इरादा पल भर में बदल जाएगा। जिस दृढ़ता से इसने विवाह करने की बात कही है, उतनी दृढ़ता से इनकार करके यहाँ से चला जाएगा। फिर भी उसके दिल में आशा का एक नन्हा दीपक जल रहा था।

वह युवक से बोला, "पेटरुशियो, पहले तुम मेरी बेटी से मिल लो, उससे बात कर लो। जब तुम दोनों ही विवाह करने को सहमत हो जाओगे तो फिर भला मुझे क्या आपत्ति होगी। ठहरो, मैं अभी कैथरीना को बुलवाता हूँ।" यह कहकर बेपतिस्ता दूसरे कक्ष में चला गया।

पेटरुशिया, कैथरीना की सुंदरता के साथ-साथ उसके स्वभाव और वाणी-दोष के बारे में सबकुछ जानता था। वह रणनीति बनाने लगा कि उसे किस प्रकार कैथरीना से बात करनी है? किस तरह उसके प्रश्नों का उत्तर देना है? कैसे उसे अपनी बातों से मोहित करना है? उसने इसकी तैयारी पहले से ही कर ली थी, लेकिन केवल उन्हें दोहरा रहा था।

तभी एक ओर का परदा हटाकर कैथरीना ने कमरे में प्रवेश किया। उसे देखकर ऐसा लगा मानो स्वर्ग की अप्सरा धरती पर उतर आई हो। पेटरुशिया

एकदम से हड़बड़ाकर उठा और सिर झुकाकर उसका स्वागत करते हुए बोला, "हे सुंदरी! आओ, मेरे पास आकर बैठो। मैं न जाने कितनी देर से आपका चाँद जैसा मुखड़ा देखने के लिए तरस रहा था। आपको देखकर अब जाकर मेरे दिल को सुकून मिला है।"

कैथरीना अपने स्वभाव के अनुसार जहर उगलते हुए बोली, "यह क्या अनाप-शनाप बोल रहे हो? अपनी बकवास बंद करके बताओ कि तुम यहाँ क्या करने आए हो?"

पेटरुशिया आनंदित होकर बोला, "ओह हो! तुम जितनी सुंदर हो, तुम्हारी वाणी में भी उतनी ही मिठास है। हे मधुरभाषिणी! तुम्हारे रस उड़ेलते शब्दों ने मुझे मोहित-सा कर दिया है। मेरा दिल कह रहा है कि तुम बोलती जाओ और मैं तुम्हारे एक-एक शब्द को अपने कानों में उड़ेलता जाऊँ। तुम्हारा यह मधुर कंठ, यह शहद में डूबी आवाज केवल मेरे लिए है। लेकिन प्रिये! तुम थोड़ा आराम से बोलो। कहीं तुम्हारे सुरीले कंठ को नजर न लग जाए।"

युवक की बातों ने आग में घी डालने का काम किया। कैथरीना का चेहरा गुस्से से लाल हो गया। उसकी सुर्ख आँखें अंगारे बरसाने लगीं। उसका यह क्रोधित रूप देख पेटरुशिया ने अपने दिल पर हाथ रखा और आहें भरते हुए बोला, "उफ, गुस्से में तुम्हारा रूप कितना निखर आता है। ऐसा लगता है जैसे लाल गुलाब खिल गया हो। शायद इसीलिए लोग तुम्हारे रूप-सौंदर्य की इतनी प्रशंसा करते हैं। तुम्हारे इस रूप ने मेरे दिल पर सुंदरता की अमिट छाप छोड़ दी है।"

इस बार पेटरुशिया की बातें सुनकर कैथरीना खिलखिलाकर हँस पड़ी। ऐसा पहली बार हुआ था, जब किसी ने अपनी बातों से उसे हँसने के लिए विवश कर दिया था। यह उसकी पहली हार थी।

बेपतिस्ता एक खिड़की से सारा मंजर देख रहा था। उसने जब कैथरीना को हँसते और पेटरुशिया के साथ घुल-मिलकर बातें करते देखा तो वह आश्चर्य से भर उठा। उसने युवक के बारे में जितना सोचा था, वह उससे कहीं अधिक दृढ़ निकला। वह डरकर पीछे हटनेवालों में से नहीं था। वह जो सोचकर आया था, उसे अवश्य पूरा करेगा। यही सोचकर बेपतिस्ता के मन को असीम सुख और शांति मिली।

कहीं मामला बिगड़ न जाए, इस भय से उसने उसी समय निकटतम रिश्तेदारों और मित्रों को एकत्रित कर उन दोनों के विवाह की घोषणा कर दी।

वह जल्दी उनका विवाह करना चाहता था। कैथरीना के पिता के फैसले का किसी ने विरोध नहीं किया। यही पेटरुशिया की पहली जीत थी।

लेकिन यह जीत उसे अचानक या आसानी से नहीं मिली थी। इस जीत को पाने के लिए उसने अनथक प्रयत्न किए थे। वास्तव में वह दूर देश में रहने वाला एक परदेशी था, जो अपनी चुटकियों, व्यंग्यों, हास्य कविताओं और खुशमिजाजी के कारण देश भर में प्रसिद्ध था। दुःखी और परेशान लोगों के चेहरों पर मुसकराहट सजाना उसे बेहद पसंद था।

उसने कैथरीना की कड़वी जुबान और चिड़चिड़े स्वभाव के बारे में बहुत कुछ सुन रखा था। जो भी व्यक्ति कैथरीना के देश से आता, उसके साथ उसकी कठोर वाणी से संबंधित अनेक किस्से होते। लेकिन इसके साथ-साथ लोग उसकी सुंदरता की तारीफ करते भी नहीं थकते थे। पेटरुशिया को यह बिलकुल अच्छा नहीं लगता था कि अप्सरा जैसी सुंदर युवती विवाह के सुख से वंचित रह जाए। उसने मन-ही-मन प्रतिज्ञा कर ली थी कि वह विवाह करेगा तो केवल कैथरीना के साथ, अन्यथा अविवाहित रहेगा। लेकिन उसने यह भी सोच रखा था कि वह विवाह तभी करेगा, जब कैथरीना उसकी याद में आँसू बहाएगी।

और फिर एक दिन वह कैथरीना से मिलने चल पड़ा। उसने निश्चय कर लिया था कि वह अपनी संपूर्ण कला को इस कार्य की पूर्णता में झोंक देगा। इसके लिए उसने एक योजना बनाई थी। इस योजना के प्रथम चरण में वह कैथरीना से मिला और बेपतिस्ता को उनके विवाह की घोषणा करने के लिए विवश कर दिया।

योजना का प्रथम चरण पूरा होते ही वह आगे की योजना में लग गया। अभी तक कैथरीना उसकी बातें सुनकर केवल मुसकराई थी, उसने अपनी जिह्वा से उसके लिए प्रेमयुक्त शब्द नहीं बोले थे। योजना के दूसरे चरण में पेटरुशिया को यही कार्य पूरा करना था। वह उसके मुख से अपने लिए प्रेम की वर्षा करवाना चाहता था।

विवाह से कुछ समय पूर्व वह बेपतिस्ता के पास गया और स्वर में मिठास घोलते हुए बोला, "श्रीमान, आप जानते ही हैं कि मैं कैथरीना से कितना प्यार करता हूँ। उसे अपने दिल और घर की रानी बनाने के लिए मैं उसके साथ विवाह कर रहा हूँ। लेकिन श्रीमान, विवाह जीवन में केवल एक बार होता है। इसलिए मैं अपने विवाह को बड़ी धूमधाम के साथ करना चाहता हूँ। मेरी इच्छा है कि मैं कैथरीना को अपने पारिवारिक गहनों से लाद दूँ। मेरा सारा सामान पास

की सराय में पड़ा हुआ है। आप कुछ देर प्रतीक्षा करें, मैं अभी सारा सामान लेकर आता हूँ।''

बेपतिस्ता ने उसे जाने की इजाजत दे दी।

विवाह की तैयारियाँ पूरी हो चुकी थीं। अतिथिगण अपने-अपने स्थानों पर बैठे शुभ कार्य के आरंभ होने की बेसब्री से प्रतीक्षा कर रहे थे। पूरा घर शहनाई की आवाज से गूँज रहा था। शुभ मुहूर्त पास ही था; पादरी अपने स्थान पर आकर खड़े हो चुके थे। लेकिन पेटरुशिया का कहीं पता नहीं था।

'उसे गए हुए बहुत देर हो चुकी है, अब तक उसे लौट आना चाहिए था।' यह सोच-सोचकर बेपतिस्ता के मन में अनेक चिंताएँ उठने लगीं।

इधर, कैथरीना भी उसके लिए चिंतित थी। उसे लगने लगा कि कहीं वह उसे छोड़कर तो नहीं चला गया। उसके बिना रहने की कल्पना भी उसके लिए असहनीय हो उठी। वह बार-बार सोचने लगी कि यदि यह विवाह नहीं हुआ तो लोग उसका उपहास उड़ाएँगे; स्त्रियाँ ताने मारते हुए कहेंगी कि इसका मंगेतर इसे बीच मझधार में छोड़कर भाग गया; लोग उसकी ओर उँगलियाँ उठाएँगे। यह सब सोचकर वह दुःखी हो गई।

वह एकटक बाहर द्वार की ओर देख रही थी, जहाँ से अतिथिगण घर के अंदर आ रहे थे। परंतु उनमें पेटरुशिया दिखाई नहीं दिया। विरह-वेदना के कारण उसकी आँखों से आँसू बहने लगे। पेटरुशिया को याद करके वह फूट-फूटकर रोने लगी।

पेटरुशिया को इसी क्षण की प्रतीक्षा थी। वह घर के एक कोने में छिपकर कैथरीना को देख रहा था। उसे रोते देख वह बाहर निकल आया और मुसकराते हुए अपने स्थान पर जा बैठा। उसके आते ही बेपतिस्ता और कैथरीना की जान में जान आ गई। कैथरीना इस घटना से इतना अवश्य समझ चुकी थी कि पेटरुशिया को उसकी जरूरत हो या न हो, परंतु वह उसके बिना एक पल भी नहीं रह सकती। वह उससे प्यार करने लगी थी। यही कारण था कि विवाह के समय वह बहुत धीरे-धीरे और सँभलकर बोल रही थी। उसे डर था कि कहीं उसकी कड़वी वाणी सुनकर पेटरुशिया नाराज न हो जाए।

इधर पेटरुशिया मन-ही-मन बहुत प्रसन्न था; उसकी योजना का यह चरण भी पूरा हो गया था। विवाह के दौरान उसने कैथरीना की बोलचाल और उसकी एक-एक हरकत को बड़े गौर से देखा था। वह समझ गया था कि उसमें बदलाव आने आरंभ हो गए हैं।

जैसे ही विवाह की रीतियाँ समाप्त हुईं, वैसे ही पेटरुशिया ने विदाई की घोषणा कर दी। विवाह के बाद वह एक पल के लिए भी ससुराल में रुकना नहीं चाहता था। उसके इस निर्णय से लोग हतप्रभ थे। कई बड़े-बुजुर्गों ने उसे समझाया कि इस प्रकार एकदम से विदाई की कोई रस्म नहीं है। इसके लिए तुम्हें एक-दो दिन यहीं रुकना चाहिए।

परंतु सब व्यर्थ! उसने जो ठान लिया था, उससे पीछे हटना उसे गवारा नहीं था। उसने साफ शब्दों में कह दिया कि वह इसी समय कैथरीना को लेकर चला जाएगा। यदि किसी को कोई आपत्ति है तो वह कैथरीना को वहीं छोड़कर अकेला ही चला जाएगा।

अब भला उसकी बात से किसे ऐतराज हो सकता था! बेपतिस्ता को बड़ी मुश्किल से पुत्री के लिए वर मिला था, उसकी बात वह कैसे नहीं मानता। उसने सहमति दे दी।

इस सारी बातचीत के दौरान कैथरीना गाय की भाँति एक ओर शांत खड़ी थी। उसे डर था कि यदि उसने पति की बात काटने का साहस किया तो वह उसे वहीं छोड़कर चला जाएगा। इसलिए जब पेटरुशिया बाहर की ओर चलने लगा तो वह भी चुपचाप सिर झुकाए उसके पीछे-पीछे चल दी। यह दृश्य देखकर उपस्थित सभी लोग आश्चर्य से भर उठे।

जो लड़की किसी का लिहाज नहीं करती थी, जिसकी जिह्वा हमेशा जहर उगलती थी, जो अपने विरुद्ध बोलनेवाले का मुँह नोंच लेती थी, आज वही कैथरीना चुपचाप पति के पीछे चल रही थी। उसका यह शांत रूप देखकर बेपतिस्ता का बुरा हाल था। उसकी समझ में नहीं आया कि पेटरुशिया ने ऐसा कौन सा जादू कर दिया था कि जिससे एक जंगली बिल्ली पालतू गाय हो गई थी।

लोगों की आश्चर्य से फटी आँखें देखकर पेटरुशिया को बहुत आनंद आ रहा था। उसने वह कर दिखाया था, जिसकी किसी ने कल्पना तक नहीं की थी। वह मन-ही-मन हँसते हुए बोला, 'अभी आप लोगों ने मेरा छोटा सा चमत्कार ही देखा है। लेकिन वह दिन दूर नहीं जब आप इसे मेरे इशारों पर नाचते देखेंगे। पेटरुशिया आपको दिखा देगा कि चमत्कार कहते किसे हैं।'

पेटरुशिया का घर बहुत दूर था। मार्ग में अनेक पथरीले और बीहड़ रास्ते थे। इसलिए बेपतिस्ता ने शीघ्रता से उनके लिए बढ़िया नस्ल के दो घोड़े मँगवाए। परंतु पेटरुशिया ने घोड़े लेने से इनकार कर दिया। कैथरीना ने तरसती आँखों से

घोड़ों को देखा और पति से बोली, "क्या हम घर तक पैदल ही जाएँगे?"

पेटरुशिया ने दिल का प्यार आँखों से उड़ेलते हुए कैथरीना को देखा और शांत स्वर में बोला, "मैं अपने दिल की राजकुमारी को ऐसे घटिया घोड़ों पर नहीं बिठा सकता, जिन्हें पूँछ हिलाने का ढंग भी नहीं आता।"

कैथरीना को कोई जवाब नहीं सूझा। अंततः वे पैदल ही घर की ओर चल पड़े। जिस लड़की ने अपने पैर कभी रेशमी कालीन से नीचे नहीं रखे थे, फूल जिसके पैरों का श्रृंगार बनते थे वही लड़की आज काँटों भरे पथरीले रास्ते पर चल रही थी। पत्थरों की चोट से उसके पैर छिल गए। उनसे खून रिसने लगा। उसकी टाँगें दुखने लगीं। फिर भी उसने कोई शिकायत नहीं की। उसकी हालत देखकर पेटरुशिया का मन भी दया, प्रेम और करुणा से भर आता था; लेकिन उसे सुधारने का उसके पास केवल यही एक उपाय था।

आखिरकार गिरते-पड़ते, ठोकरें खाते वह पति के घर पहुँची। द्वार पर घर के सभी नौकर-चाकर मालिक-मालकिन उनके स्वागत को खड़े थे। घर में घुसते ही पेटरुशिया बोला, "तुम यहाँ खड़े-खड़े क्या कर रहे हो? देख नहीं रहे, तुम्हारी मालकिन कितनी थकी हुई है। इन्हें भूख-प्यास लगी होगी। जाओ, जाकर शरबत लेकर आओ। इनके भोजन के लिए मिठाई, फल, पकवानों आदि की व्यवस्था करो।"

आदेश मिलते ही नौकर जल्दी-जल्दी भोजन की व्यवस्था करने लगे। कोई बाजार की ओर भागा तो किसी ने रसोई की ओर रुख किया। और फिर कुछ ही देर में उन्होंने मेज पर सारे पकवान सजा दिए। उनकी खुशबू से कैथरीना की भूख भड़क उठी। वह खाने पर टूट पड़ने के लिए तैयार हो गई। उसे इंतजार बस पति के आने का था। तब तक वह सोचने लगी कि वह सबसे पहले शरबत पीकर अपनी प्यास बुझाएगी। उसके बाद भरपेट भोजन और फिर मिठाइयाँ। इनसे आनेवाली खुशबू बता रही है कि भोजन कितना लजीज होगा। यह सोच-सोचकर उसके मुँह में पानी भर आया।

तभी पेटरुशिया कमरे में आया। कैथरीना समझ गई कि बस अब भोजन के लिए बुलावा आने वाला है। वह कुरसी पर सीधी होकर बैठ गई और भोजन की ओर देखने लगी। तभी सहसा कुछ गिरने की आवाज ने उसे चौंका दिया। उसने पकवानों से दृष्टि हटाकर पेटरुशिया की ओर देखा। उसके पैरों के पास शरबत का जग गिरकर चकनाचूर हो गया था और वह गुस्से में भरकर नौकर को डाँट रहा था, "यह कैसा शरबत लाए हो तुम? क्या तुम्हारी मालकिन ऐसा शरबत पिएँगी?"

इसके बाद वह एक-एक कर भोजन का मुआयना करने लगा।

''यह क्या लाए हो तुम? इन्हें व्यंजन कहते हैं क्या? ले जाओ इन्हें यहाँ से।''

''ये मिठाइयाँ इतनी आड़ी-तिरछी कैसी काटी गई हैं? किस घटिया दुकान से लाए हो? बाहर फेंको इन्हें।''

''केक और पेस्ट्री इतने सख्त क्यों हैं? तुम्हारी मालकिन इतना सख्त खाना नहीं खा सकतीं। फेंक दो इन्हें भी।''

''खाने में कितनी मिर्च हैं। इसे खाकर तो हमारी सेहत खराब हो जाएगी। हटाओ इसे।''

इस प्रकार एक-एक कर उसने सभी पकवान बाहर कुत्तों के आगे फिंकवा दिए।

भूख कैथरीना पर हावी होती जा रही थी। सारे पकवान कुत्तों के आगे जाते देख उसकी भूख भड़क उठी। उसका दिल चाहा कि वह सारा खाना छीनकर खा जाए। मिट्टी में सना केक भी उसे चाँदी की प्लेट में परोसे गए केक की तरह लग रहा था। लेकिन फिर किसी तरह उसने स्वयं को काबू में किया।

रात को सोते समय भी पेटरुशिया ने बहाना बनाकर पलंग और गद्दे कमरे से हटवा दिए। कैथरीना सारी रात फर्श पर लेटे-लेटे करवटें बदलती रही।

इस प्रकार तीन दिन बीत गए। इन तीन दिनों में पेटरुशिया ने न तो कैथरीना को कुछ खाने को दिया और न ही उसे सोने दिया। नौकर प्रतिदिन बढ़िया-से-बढ़िया पकवान बनाते, लेकिन वह कोई-न-कोई दोष निकालकर उन्हें बाहर फिंकवा देता था। कैथरीना किसी भी कीमत पर पेटरुशिया को नाराज नहीं करना चाहती थी, इसलिए वह चुपचाप सब सहती रही।

उसे रह-रहकर पिता के घर की याद आने लगी। जितना भोजन यहाँ बनता था, उतना तो वह जूठन में छोड़ देती थी। लेकिन आज वह दाने-दाने के लिए तरस रही थी; एक बूँद पानी उसके लिए दुर्लभ था। भूख-प्यास के कारण दिन-प्रतिदिन वह दुर्बल होती जा रही थी, परंतु फिर भी वह पेटरुशिया की किसी बात को काटना नहीं चाहती थी।

चौथे दिन पेटरुशिया ने नौकरों को बुलाकर उन्हें बिना नमक-मिर्चवाली दाल बनाने के लिए कहा। उसने उन्हें समझा दिया कि रोटियाँ अधिक जली हुई

तथा सब्जी थोड़ी कच्ची होनी चाहिए। नौकरों ने उसकी इच्छा के अनुसार भोजन तैयार कर दिया।

पेटरुशिया के संकेत पर भोजन परोसा गया। भोजन की तारीफ करते हुए वह एक-एक कर प्रत्येक वस्तु कैथरीना के सामने रखता जाता। कैथरीना ने जली हुई रोटियाँ, फीकी दाल और अधपकी सब्जी कभी नहीं खाई थी। उसे याद आया कि जरा सी रोटी लाल हो जाने पर वह कैसे उसे फेंक देती थी; दाल में नमक कम होने या सब्जी के कच्ची रह जाने पर वह थाली समेत सारा भोजन फेंक देती थी। लेकिन वही भोजन आज उसे ईश्वर का प्रसाद लग रहा था।

तीन दिन से भूखी होने के कारण वह खाने पर टूट पड़ी। यह भोजन उसे छप्पन भोग से भी अधिक स्वादिष्ट लग रहा था। वह जानती थी कि यदि उसने खाने में कोई दोष निकाला तो पेटरुशिया इसे बाहर फिंकवा देगा। इसलिए वह स्वाद ले-लेकर खाने लगी।

अब तक कैथरीना पूरी तरह से बदल चुकी थी। जरा-जरा सी बात पर गुस्सा हो जाना, व्यर्थ के दोष निकालना, नाज-नखरे करना—सबकुछ भूल गई थी। वह पेटरुशिया की हर बात चुपचाप मान लेती थी। उसकी किसी बात से असहमति जताना तो वह बिलकुल भूल ही गई थी। उसके लिए पति की बात सबसे बढ़कर थी।

इस प्रकार पेटरुशिया ने उसे अपने हाथों की कठपुतली बना लिया था।

इसी प्रकार अनेक दिन बीत गए।

कैथरीना की दो छोटी बहनें थीं। बेपतिस्ता ने उनके लिए भी योग्य वर ढूँढ़ लिये और दोनों का विवाह एक ही दिन निश्चित कर दिया। फिर उसने दामाद और बेटी को विवाह का निमंत्रण भेजा।

पेटरुशिया ने कैथरीना को तैयारी करने के लिए कहा। आज्ञा मिलते ही कैथरीना खुशी-खुशी तैयारियाँ करने लगी।

किंतु पेटरुशिया को डर था कि पिता के घर पहुँचकर कैथरीना कहीं फिर से पुराने रंग में न ढल जाए, कहीं वह पुरानी कैथरीना न बन जाए। उसने इस बात को जाँचने का निश्चय कर लिया। उसने कैथरीना के लिए नए-नए कपड़े सिलवाए और अनेक सुंदर-सुंदर गहने बनवाए। दर्जी जब कपड़े लेकर आया तो पेटरुशिया ने कपड़ों में कोई-न-कोई नुक्स निकालकर उन्हें बाहर फिंकवा दिया। फिर उसने गहने भी सुनार को लौटा दिए। कैथरीना मायूस हो

गई, लेकिन उसने एक बार भी शिकायत नहीं की।

पेटरुशिया समझ गया कि चाहे कुछ भी हो जाए, कैथरीना उसकी बात की अवहेलना नहीं कर सकती। इसलिए उसने पुनः नए कपड़े और गहने ला दिए।

निर्धारित दिन वह पत्नी सहित ससुराल पहुँच गया। कैथरीना की दोनों बहनों का विवाह बड़ी धूमधाम के साथ संपन्न हुआ। इस दौरान कैथरीना ने ससुराल की बातों के बारे में पिता को कुछ नहीं बताया। अपने प्रति उसका यह प्रेम देखकर पेटरुशिया बहुत प्रसन्न था।

विवाह के कुछ दिनों उपरांत दोनों दूल्हे पेटरुशिया के साथ बैठे बातें कर रहे थे। वे पत्नियों के स्वभाव को लेकर परस्पर चर्चा कर रहे थे। बात करते-करते एक दूल्हा घमंड में भरकर बोला, "मेरी पत्नी मेरी हर बात मानती है। यदि मैं उसे आग में कूदने को कहूँ तो बिना कोई प्रश्न किए वह आग में कूद जाएगी।"

"मेरी पत्नी भी बिलकुल ऐसी ही है। मैं अगर कह दूँ तो वह सारी रात एक पैर पर खड़ी रह सकती है।" दूसरे दूल्हे ने भी डींग मारी।

पेटरुशिया भला कहाँ पीछे रहनेवाला था। वह शांत स्वर में बोला, "यदि मैं अपनी पत्नी को बुलाऊँ तो सारे काम छोड़कर वह अभी दौड़ी चली आएगी।"

दोनों दूल्हे कैथरीना की बदतमीजी और बददिमागी के अनेक किस्से सुन चुके थे। उन्होंने समझा कि पेटरुशिया अपनी इज्जत बचाने के लिए कैथरीना की बढ़ा-चढ़ाकर तारीफ कर रहा है। दोनों दूल्हों ने एक-दूसरे को देखा और मन-ही-मन उसे झुठलाने का निश्चय करके बोले, "तो ठीक है। किसकी पत्नी अधिक आज्ञाकारी है, इसका निर्णय अभी हो जाएगा। परंतु याद रहे, हारने वाले जीतनेवाले को हजार-हजार रुपए देंगे।"

सभी ने सहमति में सिर हिला दिया।

फिर तीनों ने अपने-अपने नौकरों को भेजकर पत्नियों को वहाँ आने के लिए कहा।

थोड़ी देर बाद पहले दूल्हे का नौकर लौट आया और उसकी पत्नी का जवाब बताते हुए बोला, "मालिक, मालकिन के सिर में बहुत दर्द है। इसलिए वे इस समय नहीं आ सकतीं।"

तभी दूसरे दूल्हे का नौकर आकर बोला, "मालिक, इस समय मालकिन सिर में तेल लगवा रही हैं। उन्होंने कहा है कि इस हालत में उनका यहाँ आना

उचित नहीं है। वह थोड़ी देर में आएँगी।''

दोनों दूल्हे अपना-सा मुँह लेकर बैठ गए। लेकिन उन्हें इस बात की खुशी थी कि यह शर्त पेटरुशिया भी नहीं जीत सकेगा। उसकी पत्नी तो कदापि नहीं आएगी। उलटे वह इतना तीखा जवाब भेजेगी कि उसकी सारी अकड़ निकल जाएगी। वे दोनों उसके नौकर के आने की प्रतीक्षा करने लगे।

पेटरुशिया को विश्वास था कि कैथरीना उसके संदेश की अवहेलना कभी नहीं करेगी। इसलिए उसके चेहरे पर मुसकराहट खेल रही थी। तभी नौकर के स्थान पर स्वयं कैथरीना नंगे पैरों दौड़ी आई। उसे देखकर दोनों दूल्हे शर्मिंदा हो गए।

इस प्रकार पेटरुशिया शर्त में दोनों दूल्हों से एक-एक हजार रुपए जीत गया था।

उस समय कैथरीना के पिता और अन्य रिश्तेदार उसमें आए बदलाव को देखकर आश्चर्यचकित, किंतु प्रसन्न थे।

❑

एज यू लाइक इट

पुराने समय की बात है। किसी देश में एक राजा राज्य करता था। वह बड़ा दयालु, धर्मप्रिय और परोपकारी था। उस राजा का एक वजीर था, जो राजा के विपरीत स्वभाववाला था। कुटिलता, अधर्म और स्वार्थ उसकी रग-रग में शामिल थे। उसकी दृष्टि हमेशा राजसिंहासन पर लगी रहती थी। वह किसी-न-किसी तरह से उस पर अधिकार कर लेना चाहता था। राजा की रोजा नामक एक पुत्री थी, वहीं वजीर की बेटी का नाम शीलिया था। रोजा और शीलिया में गहरी मित्रता थी। दोनों एक-दूसरे के बिना रहने की कल्पना तक नहीं कर सकती थीं। इसलिए उनका अधिकांश समय साथ-साथ बीतता था।

आखिरकार एक दिन षड्यंत्र रचकर वजीर ने राजा को वहाँ से भागने को विवश कर दिया और स्वयं सिंहासन का अधिकारी बन बैठा। राजा ने अपने कुछ वफादार साथियों के साथ जंगल में चले जाने का निश्चय कर लिया। रोजा भी उसके साथ जाने की तैयारी करने लगी। लेकिन जाने से पूर्व एक बार वह अपनी सखी से मिलना चाहती थी। अत: वह अंतिम बार शीलिया से मिलने आई। बिछड़ने की बात सोचकर दोनों की आँखों से आँसू बहने लगे। वे एक-दूसरे के गले से लिपटकर पुराने दिनों को याद करने लगीं।

दोनों एक-दूसरे के बिना कैसे रहेंगी, यह सोच-सोचकर वे दु:खी होने लगीं। शीलिया किसी कीमत पर रोजा को अपने से दूर नहीं जाने देना चाहती थी। अत: वह हठ करते हुए बोली, "रोजा, हमारे पिता परस्पर कितने भी गहरे शत्रु क्यों न हों, लेकिन हमारी मित्रता का बंधन कभी नहीं टूट सकता। हम हमेशा एक साथ रही हैं और हमेशा एक ही साथ रहेंगी। चाहे कुछ भी हो जाए, मैं तुम्हें अपने से दूर नहीं जाने दूँगी। यदि किसी ने तुम्हें मुझसे दूर करने की कोशिश की तो मैं अपने प्राण त्याग दूँगी।"

अंतत: बेटी के हठ के आगे वजीर को झुकना पड़ा और उसने रोजा को शीलिया के साथ रहने की इजाजत दे दी। बेटी की खुशी के लिए राजा ने भी उसकी बात स्वीकार कर ली और अकेला ही जंगल में चला गया।

शुभ मुहूर्त में वजीर का राज्याभिषेक हुआ और वह देश का नया राजा घोषित हो गया।

एक बार नगर में एक बहुत सुंदर युवक आया। उसकी कोमल देह, सौम्य चेहरा और मासूम आँखें हर किसी को अपनी ओर आकर्षित कर लेती थीं। अभी उसकी उम्र अधिक नहीं थी, परंतु नगर में कदम रखते ही उसने शाही पहलवानों को कुश्ती की चुनौती दे डाली। जिसने भी यह बात सुनी, उसके मुँह से युवक के लिए दर्द भरी ठंडी आह निकल गई। लोगों ने उसे समझाने की बहुत कोशिश की, लेकिन वह अपनी चुनौती पर अड़ा रहा। उसकी मृत्यु की कल्पना करके युवतियाँ रो पड़ती थीं। सभी मान चुके थे कि उसकी आयु बहुत कम है।

राजा ने उसकी चुनौती स्वीकार कर ली थी। फिर उसने एक द्वंद्व युद्ध का आयोजन किया, जिसमें युवक और शाही पहलवानों को अपना दमखम दिखाने का पूरा अवसर मिलना था।

निर्धारित दिन पूरा नगर रंगभूमि में एकत्र हो आया। वे दबी जुबान में युवक के साहस की प्रशंसा करते हुए उसकी कुशलता की प्रार्थना कर रहे थे। अखाड़े के बीचोबीच वह युवक निर्भय सिंह की भाँति खड़ा हुआ था। उसके सामने शाही पहलवान तलवार लिये उसका मस्तक काटने को आतुर हो रहे थे।

इस द्वंद्व को देखने के लिए राजा के साथ रोजा और शीलिया भी आई थीं। युवक का साहस देखकर रोजा मन-ही-मन उसकी प्रशंसा कर रही थी। लेकिन उसे इस बात का भय भी था कि शाही पहलवानों के सामने यह युवक अधिक देर तक नहीं टिक पाएगा। उसका मन बार-बार कह रहा था कि वह युवक के पास जाकर उसके हाथ से तलवार छीन ले और उसे अपने सीने से लगाकर यहाँ से कहीं दूर ले जाए।

शर्म और लज्जा के कारण उसके गाल लाल हो गए थे। उसने अपने पास बैठी शीलिया से कहा, ''शीलिया, यह द्वंद्व नहीं, पागलपन है। यह युवक व्यर्थ में अपने प्राण देने को व्याकुल हो रहा है। शाही पहलवान कब इसकी गरदन काट डालेंगे, इसे पता भी नहीं चलेगा। इस दंगल को किसी तरह से रुकवाओ, अन्यथा इसके जमीन पर गिरने से पहले मेरे दिल की धड़कनें थम जाएँगी। मैं इसकी मृत्यु कदापि नहीं देख सकती।''

शीलिया समझ गई कि रोजा मन-ही-मन युवक से प्रेम करने लगी है। अत: उसने युवक की प्राणरक्षा का निश्चय कर लिया। वह अपने स्थान पर खड़ी हुई और युवक की प्रशंसा करते हुए बोली, ''तुम जैसा वीर युवक हमने आज तक नहीं देखा। हम तुम्हारी इस वीरता और साहस का सम्मान करते हैं। दंगल

में शाही पहलवानों के सामने निडर होकर खड़ा होना ही तुम्हारी वीरता को प्रमाणित करता है। इसलिए अब तुम्हें द्वंद्व करने की कोई आवश्यकता नहीं है। तुम द्वंद्व का हठ छोड़ दो, अन्यथा व्यर्थ में ही मारे जाओगे।"

"राजकुमारी, इस दुनिया में मेरा कोई नहीं है। मैं किसके लिए जीवित रहूँगा? यही कारण है कि मैं प्राणों का मोह त्यागकर द्वंद्व के लिए यहाँ आया हूँ। मैंने एक बार जो निश्चय कर लिया है, उससे पीछे हटना मेरे वश में नहीं है। वैसे भी, वीर व्यक्ति के मुख से निकले वचन कभी वापस नहीं लौटते हैं। इसलिए आप मुझे द्वंद्व की आज्ञा दें।"

शीलिया रोजा की ओर देखकर धीरे से बोली, "रोजा, मैंने इस युवक को बचाने की भरसक कोशिश की है। लेकिन जब यह स्वयं अपने प्राण दे देना चाहता है तो भला हम इसे कैसे रोक सकते हैं! उचित यही है कि हम शांत होकर द्वंद्व को देखें।"

रोजा के चेहरे पर पीड़ा के भाव उभर आए। कुछ ही देर में यह युवक मारा जाएगा, इस बात ने उसे बुरी तरह से व्यथित कर दिया था।

राजा ने द्वंद्व आरंभ करने की आज्ञा दे दी। शाही पहलवान ने शीघ्रता से अपनी तलवार निकालकर आक्रमण कर दिया। युवक भी अपनी तलवार निकाल चुका था। उसने पहलवान के वार को बचाया और पलटकर प्रहार किया। और फिर दंगल देखनेवाले दर्शकों की आँखें फटी-की-फटी रह गईं, वे बार-बार आँखें मलने लगे। युवक ने एक ही वार में पहलवान की तलवार के दो टुकड़े कर दिए थे।

पूरा अखाड़ा तालियों की गड़गड़ाहट से गूँज उठा। युवक की बिजली के समान फुरती और प्रहार देखकर रोजा आश्चर्यचकित थी। उसके चेहरे पर पीड़ा और दुःख के स्थान पर प्रसन्नता के भाव दिखाई देने लगे।

राजा की आज्ञा से प्रधानमंत्री ने आगे बढ़कर युवक की पीठ थपथपाई और प्रश्न किया, "हे युवक! तुम कौन हो? तुम्हारा नाम क्या है और तुम कहाँ से आए हो? तुम किसके पुत्र हो? तुम जैसे वीर को किसने जन्म दिया है? हम सभी तुम्हारा परिचय जानने के लिए व्याकुल हैं।"

वहाँ उपस्थित सभी लोग युवक का परिचय जानने को उत्सुक थे, साथ ही रोजा को इस प्रश्न के उत्तर की बड़ी बेसब्री से प्रतीक्षा थी। वह ध्यानपूर्वक युवक को निहारने लगी।

युवक ने सिर झुकाकर राजा को प्रणाम किया और अपना परिचय देते हुए बोला, "महाराज, मेरा नाम ऑरलैंडो है। मैं वीर रोलैंड का पुत्र हूँ, जो कभी इस

दरबार में एक प्रतिष्ठित दरबारी रह चुके हैं।"

"तुम रोलैंड के पुत्र हो? उसी रोलैंड के, जो पुराने राजा के घनिष्ठ मित्र थे।" राजा ने चौंकते हुए प्रश्न किया।

"जी, आपने बिलकुल ठीक पहचाना। मेरे पिता और पुराने राजा परस्पर बहुत गहरे मित्र थे।" युवक विनम्र स्वर में बोला।

"बस युवक, हमें तुम्हारा और परिचय नहीं जानना। तुम्हें शायद यहाँ के कानून नहीं मालूम, इसलिए तुमने इस राज्य की सीमा में प्रवेश करने का दु:साहस किया है। ऑरलैंडो, यहाँ शत्रुओं और उनके वंशजों का प्रवेश निषेध है। इसका उल्लंघन करनेवाले को हम हाथी के पैरों तले कुचलवा देते हैं। तुम्हारे पिता भी हमारे शत्रुओं में सम्मिलित हैं। हम चाहें तो इसी समय तुम्हें दंडित कर सकते हैं। परंतु तुम अभी नासमझ और नादान हो, इसलिए हम तुम्हारा अपराध क्षमा करते हैं और इस राज्य से अतिशीघ्र चले जाने का आदेश देते हैं।" राजा ने युवक को घूरते हुए अपना निर्णय सुनाया।

इधर, युवक का परिचय जानकर रोजा मन-ही-मन बहुत प्रसन्न हो रही थी। इतने समय के बाद उसे कोई ऐसा व्यक्ति मिला था, जो उसके पिता के मित्र का पुत्र था। वह उसके साथ बहुत सी बातें करना चाहती थी, उसके साथ अधिक-से-अधिक समय बिताना चाहती थी। लेकिन राजा का आदेश सुनकर वह भौंचक्की रह गई। उसके पिता को छीननेवाला आज उसके चहेते युवक को भी उससे अलग कर रहा था। उदासी और निराशा से उसका चेहरा मुरझा गया।

रोजा की यह दशा शीलिया से छिपी नहीं थी। वह अपनी सखी को किसी कीमत पर उदास नहीं देख सकती थी। अत: वह पिता के पास गई और उन्हें समझाते हुए बोली, "पिताजी, आपकी शत्रुता ऑरलैंडो के पिता के साथ थी। इसमें भला इसका क्या दोष है? किसी की गलती की सजा उसकी संतान को देना कहाँ का न्याय है? कृपया आप पुरानी शत्रुता को भूलकर ऑरलैंडो को क्षमा कर दें।"

"बेटी, जैसे सर्प की भाँति उसकी संतान की भी डसने की प्रवृत्ति होती है, उसी प्रकार शत्रु की संतान को भी अपना शत्रु समझना चाहिए। वह कभी भी हमारा अहित कर सकती है। अत: मैं अपने किसी शत्रु को क्षमा नहीं कर सकता। शत्रु की पुत्री होने के कारण मेरे लिए रोजा भी किसी शत्रु से कम नहीं है। मैं केवल तुम्हारी खुशी के कारण उसे सहन कर रहा हूँ, अन्यथा मैं कभी का उसे राज्य से बाहर निकलवा चुका होता। परंतु लगता है कि अब पानी सिर से ऊपर निकलता जा रहा है। इसलिए अपनी सखी से कह दो कि वह यह राज्य

छोड़कर आज ही यहाँ से चली जाए।'' राजा ने जहर उगलते स्वर में कहा।

पिता की बात सुनकर शीलिया हतप्रभ रह गई। अब तक वह यही सोचती आई थी कि उसके पिता रोजा को भी अपनी पुत्री के समान प्यार करते हैं। परंतु आज उसकी आँखों पर बँधी पट्टी उतर गई थी। वह हठ करते हुए बोली, ''पिताजी, अगर मैं ही उसे न जाने दूँ, तब आप क्या करेंगे?''

''मैं तुम्हें भी उसके साथ राज्य से निकल जाने का आदेश दे दूँगा। अगर तुम अपनी सखी के बिना नहीं रह सकतीं तो तुम भी खुशी-खुशी उसके साथ जा सकती हो।'' राजा ने दो-टूक जवाब दिया।

यद्यपि उसने शीलिया को भी जाने के लिए कह दिया था, फिर भी उसे विश्वास था कि एक मामूली लड़की के लिए उसकी पुत्री कभी भी राजसी सुखों और ऐश्वर्यों को नहीं छोड़ सकती। परंतु यह उसका भ्रम था। शीलिया ने उसी समय रोजा के साथ राज्य छोड़ने का निश्चय कर लिया था।

उसी दिन सूर्यास्त के साथ-साथ दोनों सखियों ने महल छोड़ दिया। उन्होंने सुना था कि रोजा के पिता आर्डन नामक जंगल में अपने साथियों के साथ आदिवासियों का जीवन व्यतीत कर रहे हैं। अब वे ही उनके एकमात्र सहारा थे। अत: दोनों उन्हीं को ढूँढ़ने चल पड़ीं। परंतु आर्डन जंगल किस ओर है, इसके बारे में वे पूरी तरह से अनजान थीं। चूँकि मार्ग में कई वन और बीहड़ रास्ते थे, इसलिए उन्होंने अपने वेश बदल लिये थे। लंबी होने के कारण रोजा ने पुरुष का तथा शीलिया ने ग्वालिन का वेश बना लिया था। वेश बदलने के साथ-साथ उन्होंने अपने नाम भी बदल लिये थे। रोजा ने अपना नाम गैनीमीड और शीलिया ने एलिना रख लिया था।

जिन राजकुमारियों ने कभी रेशमी कालीन से नीचे पैर नहीं रखा था; जिनके पैरों में हमेशा फूल सजते थे, आज समय बदलने के कारण वही राजकुमारियाँ काँटों भरे रास्ते पर चल रही थीं।

चलते-चलते वे जंगल को पार कर दूसरी सीमा पर जा पहुँचीं। वे निरंतर कई घंटों से चल रही थीं, इसलिए उन्हें भूख-प्यास लग आई थी। तभी वहाँ एक गड़रिया दिखाई दिया, जो अपनी भेड़-बकरियों को हाँकते हुए घर को लौट रहा था। गैनीमीड ने आगे बढ़कर उससे पूछा, ''क्या हमें रात गुजारने के लिए यहाँ कोई जगह मिल सकती है? हम बहुत दूर से आ रहे हैं और कुछ देर विश्राम करना चाहते हैं।''

गड़रिया सरल और अतिथिप्रिय था। विनम्र स्वर में बोला, ''यहाँ जगह मिलना बहुत मुश्किल है। लेकिन आप घबराएँ नहीं। मेरा घर पास ही है।

आज रात आप वहीं चलकर विश्राम करें। मुझसे जो बन सकेगा, आपका सत्कार करूँगा।'' यह कहकर वह उन्हें अपने घर ले आया और उनकी खूब खातिरदारी की।

गड़रिए का रूखा-सूखा भोजन उन्हें पकवान के समान लग रहा था। उन्होंने पेट भरकर खाना खाया और बिस्तर पर जाकर लेट गए। सोने से पूर्व उन्होंने परस्पर आगे की योजना पर विचार किया। वे जानते थे कि मंजिल पाने में अभी उन्हें अनेक दिन लग जाएँगे। अत: उन्होंने निश्चय किया कि वे कुछ दिन उसी गाँव में रहकर वहाँ की भाषा और रहन-सहन के तरीके सीखेंगे। इससे न तो उन्हें भविष्य में किसी प्रकार की परेशानी होगी और न ही कोई उन्हें पहचान सकेगा। साथ-ही-साथ वह राजा के बारे में भी आवश्यक जानकारी जुटा लेंगे। इसके बाद वे दोनों लंबी तानकर गहरी नींद में सो गए।

सुबह उठते ही उन्होंने गड़रिए को बुलाया और उसे मुहरों की थैली देते हुए बोले, ''यहाँ के शांत और सुंदर वातावरण ने हमारा मन मोह लिया है। इसलिए हम कुछ दिन यहीं रहना चाहते हैं। लेकिन हमारे यहाँ रहने से तुम्हें कोई परेशानी तो नहीं होगी?''

''इसमें परेशानीवाली कौन सी बात है? यह घर आपका है और मैं आपका सेवक हूँ। आप जब तक चाहें, यहाँ रह सकते हैं। मेरे लिए इससे बढ़कर प्रसन्नता की बात और क्या होगी?'' गड़रिया मुहरों की थैली कमर में खोंसते हुए बोला।

गड़रिए के जाने के बाद दोनों तैयार हुए और घूमने के लिए बाहर निकले। वहाँ रोजा को प्रत्येक वृक्ष और चट्टान पर अपना नाम लिखा दिखाई दिया। उसे बहुत आश्चर्य हो रहा था। कुछ वृक्षों पर उसके नाम के साथ प्रेम और विरह के गीत भी लिखे हुए थे। रोजा समझ गई कि अवश्य यह कार्य ऑरलैंडो का है। और एक दिन उसे पहाड़ों पर ऑरलैंडो दिखाई दे गया। उसकी हालत पागलों जैसी हो गई थी। वह रोजा को पुकारते हुए भटक रहा था।

रोजा के दिल से वेदनायुक्त एक आह निकली और वह ऑरलैंडो को बाँहों में भरने के लिए तड़प उठी। लेकिन शीघ्र ही उसने अपनी भावनाओं को सीने में ही दफना दिया। अभी स्वयं को उसके समक्ष प्रकट करने का उचित अवसर नहीं आया था। फिर भी, वह उसके पास जाकर बोली, ''हे युवक! इस भयंकर वन में तुम किसे पुकारते फिर रहे हो? यह रोजा कौन है?''

ऑरलैंडो ने नजर उठाकर गैनीमीड को देखा। एक पल के लिए उसे लगा कि शायद उसने उसे कहीं देखा है। परंतु दिमाग पर बहुत जोर देने के बाद भी उसे कुछ याद नहीं आया। वह सोच भी नहीं सकता था कि जिसे पुकारते हुए

वन-वन भटक रहा है, वही उसके सामने खड़ी थी। वह धीरे से बोला, "रोजा मेरी प्रेयसी है। मैं उससे बहुत प्यार करता हूँ। उसी की याद में तड़पकर मैं यहाँ भटक रहा हूँ।"

अपने प्रति ऑरलैंडो की दीवानगी देखकर रोजा भाव-विभोर हो गई। आज तक किसी ने उसे इतना प्यार नहीं किया था। उसका दिल किया कि वह ऑरलैंडो को चूम ले। लेकिन फिर खुद को सँभालते हुए बोली, "मित्र, तो तुमने ही यहाँ के वृक्षों और चट्टानों पर रोजा का नाम लिखा है। मित्र, मैं तुम्हें एक ऐसा उपाय बता सकता हूँ, जिससे तुम प्रतिदिन रोजा से मिल सकते हो।"

"ऐसा कौन सा उपाय है, जो मुझे मेरी रोजा से मिलवा देगा? जल्दी बताओ, मैं उससे मिलने को बेचैन हो रहा हूँ।" ऑरलैंडो ने उत्सुकतावश कहा।

"मित्र, पास ही मेरा घर है। तुम प्रतिदिन वहाँ आ जाया करो। मैं रोजा बनकर तुमसे प्रेम भरी बातें किया करूँगा। तुम मुझसे वैसे ही बात करना, जैसी तुम रोजा के साथ करना चाहते हो। इससे तुम्हारा दिल बहल जाया करेगा। यदि ईश्वर चाहेगा तो एक दिन तुम्हें तुम्हारी रोजा अवश्य मिलेगी।"

उपाय सुनकर ऑरलैंडो बहुत खुश हुआ और उसने अगले दिन से गैनीमीड के घर जाना आरंभ कर दिया। वह उसे 'रोजा' कहकर पुकारता था। धीरे-धीरे उसे लगने लगा कि वह उसके बिना नहीं रह सकता।

एक दिन ऑरलैंडो जब रोजा से मिलने आ रहा था तो मार्ग में एक वृक्ष के नीचे उसे एक पुरुष सोता दिखाई दिया। वह उसका भाई ओलिवर था। ध्यान से देखने पर ऑरलैंडो उसे पहचान गया। ओलिवर ने उसपर कई अत्याचार किए थे। पिता की संपत्ति हड़पने के लिए उसने ऑरलैंडो को घर से बाहर निकलवा दिया था। फिर उसे मारने के लिए अनेक षड्यंत्र रचे। एक बार उसने उसे मकान में जिंदा जलाने की कोशिश की। परंतु वह वहाँ से सुरक्षित निकल आया। फिर तलवारबाज भेजकर उसे मारने का प्रयास किया। लेकिन किस्मत का धनी ऑरलैंडो वहाँ से भी बच निकला।

आज कई दिनों के बाद उसे ओलिवर दिखाई दिया था। लेकिन उसे देखकर ऑरलैंडो का मन घृणा और क्रोध से भर उठा। वह चुपचाप वहाँ से जाने लगा। तभी उसे एक शेरनी दिखाई दी, जो दबे पाँव सोते हुए ओलिवर की ओर बढ़ रही थी। यद्यपि ओलिवर ने हमेशा उसका बुरा चाहा था, परंतु फिर भी वह उसका भाई था। वह अपनी आँखों के सामने उसे मरते हुए नहीं देख सकता था। उसने बिना एक पल की देरी किए तलवार निकाली और शेरनी पर आक्रमण को तैयार हो गया।

उसे अपनी ओर आते देख शेरनी सतर्क हो गई और ओलिवर को छोड़कर ऑरलैंडो पर झपट पड़ी। उसने पंजे के वार से उसे घायल कर दिया। लेकिन वह हार माननेवालों में से नहीं था। उसने तलवार शेरनी के पेट में घुसेड़ दी। एक भयंकर गर्जना करके शेरनी वहीं ढेर हो गई। इसी बीच ओलिवर की आँख खुल गई थी। सारी बात समझ में आते ही उसका मन पश्चात्ताप से भर उठा। वह ऑरलैंडो के पैरों में गिर पड़ा और अपने पापों की क्षमा माँगने लगा।

उसके बहते आँसू देखकर ऑरलैंडो के मन का मैल भी धुल गया। उसने उसे गले से लगा लिया। चूँकि ऑरलैंडो बुरी तरह से जख्मी हो गया था, इसलिए उसने रोजा को वहीं बुलाने के लिए ओलिवर को भेजा।

इधर, रोजा और शीलिया बड़ी बेसब्री से ऑरलैंडो के आने की प्रतीक्षा कर रही थीं। 'बहुत देर हो चुकी है, अब तक तो उसे आ जाना चाहिए।' दोनों के दिमाग में यही बात घूम रही थी।

तभी ओलिवर ने घर में प्रवेश किया और सबसे पहले एलिना को देखा। उसके रूप-सौंदर्य ने ओलिवर को मोहित-सा कर दिया। वह उसे एकटक देखते हुए वहीं खड़ा रहा। एलिना का भी कुछ ऐसा ही हाल था। ओलिवर के गठीले बदन, नीली आँखों और प्यारी मुसकान ने उसका सबकुछ छीन लिया था। रोजा एक ओर खड़ी दोनों को देख रही थी। वह समझ गई कि एलिना को भी उसका मनपसंद जीवन साथी मिल गया है। उसने ओलिवर से उसका परिचय पूछा।

"मेरा नाम ओलिवर है। मैं ऑरलैंडो का भाई हूँ। उसे एक शेरनी ने घायल कर दिया है। इस समय वह पहाड़ की चोटी पर बैठा आप लोगों की प्रतीक्षा कर रहा है। आप जल्दी से मेरे साथ वहाँ चलें।" वह एक साँस में सबकुछ बोल गया।

तत्पश्चात् तीनों शीघ्रता से ऑरलैंडो के पास पहुँचे। रोजा ने उसके घावों पर मरहम-पट्टी की। वहीं अवसर देखकर ओलिवर ने ऑरलैंडो से कहा कि वह एलिना से प्यार करने लगा है और उससे विवाह करना चाहता है।

ऑरलैंडो प्रसन्नता से भर उठा। लेकिन सहसा उसके चेहरे पर उदासी छा गई। वह दुःखी स्वर में बोला, "तुम कितने भाग्यवान् हो, ओलिवर! तुम जिसे प्रेम करते हो, वह तुम्हारे पास है। न जाने मेरी रोजा कहाँ होगी! वह मुझे मिलेगी भी या नहीं?"

"इसका मतलब यह है कि तुम मुझे अपनी रोजा नहीं मानते हो?" गैनीमीड ने चुटकी ली।

"मैं तुम्हें रोजा समझकर तुमसे अपने दिल की सारी बातें करता हूँ।

लेकिन चाहकर भी तुम्हारे अंदर मुझे मेरी रोजा दिखाई नहीं देती। काश, मेरी रोजा मेरे पास आ सकती!'' यह कहकर ऑरलैंडो ने ठंडी आह भरी।

''ऑरलैंडो! सब नजरों का खेल होता है। यदि तुम चाहो तो मैं तुम्हारी वास्तविक रोजा बन सकता हूँ।'' गैनीमीड उसे पुनः छेड़ते हुए बोला।

''मित्र, तुम क्यों मेरे साथ मजाक कर रहे हो? ऐसा कभी नहीं हो सकता।'' ऑरलैंडो निराश स्वर में बोला।

''तो फिर लो, तुम्हारी रोजा तुम्हारे सामने आ गई है।'' यह कहकर गैनीमीड ने अपना पुरुष वेश उतार फेंका।

अचानक रोजा को सामने देखकर ऑरलैंडो आश्चर्य से भर उठा। उसे सबकुछ स्वप्न की तरह लग रहा था। उसने अपनी बाँहें फैला दीं और रोजा दौड़कर उनमें समा गई। इस प्रकार दोनों प्रेमियों का मिलन हो गया।

फिर शीलिया ने उन्हें अपने वहाँ आने का प्रयोजन बताया। ओलिवर महाराज के ठिकाने के बारे में अच्छी तरह से जानता था। वह सभी को साथ लेकर उनके पास पहुँच गया। उस समय महाराज के शरीर पर जंगली पोशाक थी। उनकी दाढ़ी और बाल बहुत बढ़ चुके थे। ऐसे रूप में भी रोजा ने उन्हें पहचान लिया और उनसे लिपटकर स्नेह जताने लगी।

इसके बाद शीलिया ने उनका दोनों युवकों से परिचय करवाया। अपने मित्र के पुत्रों को देखकर महाराज बड़े प्रसन्न हुए। इससे अधिक प्रसन्नता उन्हें तब हुई जब उन्हें पता चला कि ऑरलैंडो रोजा से और ओलिवर शीलिया से विवाह करना चाहते हैं।

और फिर अगले दिन ही महाराज ने विधिपूर्वक दोनों प्रेमी जोड़ों को विवाह के सूत्र में बाँध दिया। दोनों नवविवाहित जोड़े जब महाराज का आशीर्वाद ले रहे थे, तभी वहाँ एक दूत आया। उसके पास एक पत्र था। महाराज पत्र पढ़ने लगे। उसमें लिखा था—

'महाराज!

कुछ दिन पूर्व आपकी हत्या के उद्‌देश्य से मैं वन में आया था। यहाँ मेरी भेंट एक साधु से हुई। उनके ज्ञानवर्द्धक उपदेशों और दर्शन मात्र से मेरी आँखें खुल गईं। जिस लोभ और मोह में फँसकर मैंने आपके साथ विद्रोह करने का पाप किया था, मेरे मन ने उन्हें त्याग दिया है। अब न तो मुझमें मोह बाकी है और न किसी प्रकार का लोभ। मेरा मन पूरी तरह से विरक्त हो चुका है। अतः महाराज, मैं आपको आपका राज्य सौंपकर अपना बाकी जीवन ईश्वर-भक्ति में बिताना चाहता हूँ। आशा है, मेरे अक्षम्य अपराधों

को क्षमा करके आप मुझे क्षमा कर देंगे।

पत्र मिलते ही आप वापस लौट आएँ और मुझ पापी को प्रायश्चित्त का अवसर दें।

आपका सेवक'

इस शुभ पत्र ने उस शाम को और प्रसन्नता से भर दिया। महाराज की छीनी हुई सारी खुशियाँ उन्हें पुनः प्राप्त हो गईं।